Oh What a Paradise It Seems

John Cheever

恰似天堂

[美国]约翰·契弗 ◯ 著

方柏林 ◯ 译

译林出版社

图书在版编目（CIP）数据

恰似天堂 /（美）约翰·契弗（John Cheever）著；方柏林译．—南京：译林出版社，2023.9
（约翰·契弗作品）
书名原文：On What a Paradise it Seems
ISBN 978-7-5447-9757-3

Ⅰ.①恰… Ⅱ.①约… ②方… Ⅲ.①长篇小说－美国－现代 Ⅳ.①I712.45

中国国家版本馆CIP数据核字（2023）第103889号

著作权合同登记号 图字：10-2020-56号

恰似天堂 约翰·契弗／著 方柏林／译

责任编辑 张 睿
封面插画 Patrick Leger
装帧设计 吴 悠
校 对 张 堃
责任印制 颜 亮

原文出版 Vintage, 1994
出版发行 译林出版社
地 址 南京市湖南路1号A楼
邮 箱 yilin@yilin.com
网 址 www.yilin.com
市场热线 025-86633278
排 版 南京展望文化发展有限公司
印 刷 镇江恒华彩印包装有限责任公司
开 本 787毫米×1092毫米 1/32
印 张 5.5
插 页 4
版 次 2023年9月第1版
印 次 2023年9月第1次印刷
书 号 ISBN 978-7-5447-9757-3
定 价 58.00元

献给

本杰明·黑尔·契弗

目录

第一章

这个故事，应该在一个雨夜，躺在老房子的床上看。狗睡了，过了泥土路，在果园那边，你能听到董贝和特瑞两匹上了鞍的马在叫。雨温柔而必要，但人们也不是求之若渴。水位持平，附近河水充足，菜园和果园正逢季节交替，灌溉到位。靠近落水口的磨坊，多年前还曾生产过条纹棉。小村就在瀑布附近，现在几乎完全黑灯瞎火。

磨坊巨大的花岗岩墙壁，仍然屹立在开阔的河岸上。磨坊主家的房子仍矗立在小镇唯一的山丘上，门口有四根哥林多式的柱子，房子状若王冠。你可能会认为它是一个昏睡的村庄，和不断变化的外部世界脱节，但是周报上倒还常有发现不明飞行物的报道。爆料的人不仅包括在外面晒衣服的家庭主妇，捕松鼠的猎手，也包括很多其他居民，如银行的副行长和警察局长的妻子。

从北到南穿过小村，你一定会看到大量的狗，它们一只只神气活现，无一例外都是杂种狗，而且都是带有其双亲明显特征的杂种狗。你可能会看到毛皮光滑的卷毛犬，短腿的艾尔谷犬，还有的狗远看像牧羊犬，近看像大丹犬。这样的混血——你也可以说是新鲜血液吧——使得这些狗神气活现。它们在空街道上匆匆跑着，好像是重要饭局、幽会或会议要迟到了。这些狗可不像某些居民那样感觉孤单。这个镇以磨坊老板的第一任老婆的名字命名，叫珍妮丝镇。

小村有个能上史书的不凡之处：它没有任何形式的连锁快餐店。这在当时颇不寻常，会让人猜想小村是不是有什么毛病，比如极度贫困，或是居民缺乏探险精神。但实际上选址都是电脑在做，小村没选上，无非是这些电脑出错之故。这个地方另外一个特殊之处，是有许多过去时代遗留下来的豪宅。它们没有被重新改造为养老院，供应给大批靠着医学发明得以延年益寿的人，他们昏聩而老迈。

小镇的北边是比斯利池塘。这是个深水潭，形状如弯曲的胳膊，池塘岸边森林密布。这儿有水，有绿色，如果到了一个十九世纪画家笔下，他一定会在前景画上一个可爱的女子，骑着骡子，稍微弯着腰抱着小孩子，边上有个拄杖的男子。这么一来，画家就可以将作品命名为《逃向埃及》，尽管他想表达的是他在这样一个夏日，在这样美好的风景里，心情是何等欢畅。

男人上了年纪，就好比一件破烂的外套，套在一根木棍上，不值一提了，除非他看到一只名叫勇气的鸟——弗吉尼亚红雀——那缤纷的羽毛。啊，他的心简直要跳出胸膛了。可是，红雀会在东七十八街干什么呢？他打电话给他在珍妮丝的大女儿，问有没有人溜冰。他们的友谊纯属实用关系，主要特色是相互挑刺。她说，天很冷，没有下雪，她虽然没有见过有人在大池塘滑冰，但她猜测大池塘冻起来了。他的溜冰鞋，她知道，放在阁楼上，和他的皮拉奈奇[1]对开本以及他所收集的蝴蝶标本放在一起。这是一月下旬一个星期天早上。他乘坐火车，一辆慢车，去他女儿住的乡下。

他的名字叫雷米尔·西尔斯。要我说，他年老但还不算体弱，还没到要人扶着过马路的境地。不过他又上了足够岁数，记得他所在的国度，到处都是凄美的酒杯形榆树，还记得人们踏入的大部分浴缸里都有狮子脚印。他这个岁数，也记得飞船旅行的承诺，他也永远不会忘记行进到神圣罗马帝国一座都城的经历。接二连三的轰炸，使得这十字路口任何齐肩高的东西都被夷为平地。教堂废墟里躺着死去还未曾掩埋的人。那是一个可爱的夏日。他手持最早的气体反冲

1　皮拉奈奇（Giovanni Battista Piranesi，1720—1778），意大利版画家。——译者注（后无特殊说明，均为译者注。）

步枪（M–1），准备杀死敌人，用他的生命去捍卫言论自由、宗教自由和旅行自由。

他的女儿轻轻亲吻了他一下。两人的关系，如上所述，互相挑刺但不乏亲密。她是他第一任妻子、德高望重的阿梅利亚的女儿。她把他的溜冰鞋递给他，并表示愿意开车送他到池塘，但他选择走路过去。去池塘大约四英里路，他穿了西装与背心，戴着一顶他在东欧出差时买的毛皮帽子—— 他给一家计算机包装盒生产商做事，常去东欧出差。他一头白发，长得像偃麦草，皮肤黑黑的，像是在独桅艇上晒出来的。他所处的年代和阶层视大衣为必备之物。当然，他戴着手套。他走去的那池塘叫比斯利池塘，但似乎没有人记得比斯利到底是谁。池塘两端之间的跨度，是两点五到三英里。这是一个和煦的周日下午。池塘好像冻住了，不过也只有四五个人在冰上滑。

西尔斯看了看周围，想起十八、十九世纪荷兰画家捕捉的那些溜冰场景来。在绘画市场完全乱掉之前，每次艺术品拍卖会结束，总有六七幅荷兰溜冰场面的画作未能售出，靠着未售出的伞架，边上是同样没人要的拨弦古钢琴。勃鲁盖尔[1]画过一些滑冰画，但西尔斯曾见过的一幅，是素描，来源更久远一些，他估计是十二世纪。他还总能愉快地想起，英国古生物学家艾伦·加德纳整个职业生涯的基础，就是这样一种论点：溜冰——或者叫shate，反正其出现先于任何已知的语言——使得作为猎手的智人更快捷，在生存较量中胜过了尼安德特人。这是二十万年前的事了，那时候地球上大部分地方覆盖着冰，而"溜冰鞋"不过是犹大撒剑鱼的头骨。在艾伦·加德纳职业生涯末期，其论点被人揭穿为捏造，但西尔斯发现他的想法有诗意，吸引人，因为他穿上溜冰鞋，脚下的快捷让他深

1　勃鲁盖尔（Brueghel），尼德兰绘画世家，最为著名的画家是彼得·勃鲁盖尔（Pieter Brueghel，约1525—1569）。

深体验到了远古感，况且他一直喜欢任何对学术界的欺骗。

他穿上溜冰鞋，滑了起来。溜冰对他来说和游泳一样自然。他不明白为什么溜冰的人这么少，他问了一个年轻女子。该女子刚到适婚年龄的样子，黑色头发，耳朵上戴着金耳环，手里像拿着阳伞一样拿着曲棍球棒。“我知道，我知道，”她说，“可是你知道，冻成这样，一个多世纪都没有过了吧。这么冷，又不下雪，也是一个多世纪都没有过了吧。真像在天堂一样啊！我好爱，好喜欢，好喜欢，好爱呀！”多年以前，他也是从一个情人嘴里听到过这么多的感叹。他已经忘了她的名字，忘了她头发的颜色，甚至忘了他们在表演什么样的床上杂技。

他滑着，滑着。这种快捷感，如她所说，恰似天堂！在长长一片黑冰上翩然而过，给了西尔斯一种回家的感觉。终于，寒冷、漫长的旅程结束，他回来了，他的名字大家知道而且喜爱，屋子里点着灯，壁炉里烧着火。西尔斯似乎觉得，所有的溜冰者在冰上，都有那种幸福而坚定的回家的感觉。包括西尔斯在内，对很多人来说，家可能只是一个空房间，一张空床，可是在这黑冰上的飘飘然，让西尔斯感觉他正在回家。存心挑刺的人兴许会说，他这体验不过说明，归家只是昙花一现的幻觉。在冬日夕阳的灿烂光辉里，他脱下溜冰鞋，回到他在城里的公寓。

但到了下个周日，他又回到了冰上，这回人更多了。可能都有五十个吧，不过和这巨大的冰面相比，这数量还算不了什么。大家临时拼凑出了一个曲棍球场，在其左边，似乎有溜冰者精通花样滑冰，不过大多数人和西尔斯一样，不过是来来回回地滑，沉醉于那快捷和优雅之间，仿佛他们一直拥有这种快捷和优雅，专等机会来展示。西尔斯跌倒了一两次，不过几乎所有人也都跌过。快黄昏的时候，他熟练地完成了一个减速转身，停了下来，聆听溜冰者的声音。

天色已晚。山投下阴影，让冰面的一半黑了下来。冰球比赛接近尾声，花样滑冰的人也已卸下装备，回家去了。夜幕就要降临，在其衬托之下，那些声音让他想起了过去地中海海滩的声音。而今，这海滩已被人野蛮地污染，早已面目全非。和天黑之前海滩上的人一样，他和他的冰上同伴们心无杂念，投入地迷恋着这样的时光。他再一次溜起来，直到日落。而后，他亲吻了自己挑剔但亲爱的女儿，回到城里自己的住处。

两个多星期之后，西尔斯拿着溜冰鞋过来，发现冰融化了，比斯利池塘被用来作为垃圾坑了。这是个打击。池塘近三分之一已经被占了。在他的右边，他看到了一辆废弃十年的汽车，更近的地方，有只死狗。他感觉心都要碎了。

对垃圾场，何须去费笔墨？对这样的反常，何须一一细说呢？这不过是这个社会的排泄物而已。这个社会有游牧的倾向，却又痴迷于收集身外之物。大部分的游牧民族拥有游牧文化，只需帐篷、马鞍和能迁徙的牲口，可是我们这些流动的人口，却痴迷于巨大的床，硕大的冰箱。我们在流动，在漂泊，与之矛盾的是，我们又看重经久耐用的东西。这样的矛盾造成的混乱，便排泄到了比斯利池塘里。

何须对一场灾难浓墨重彩地去描述呢？西尔斯眼前的这绝对是一场灾难，让人忧郁的灾难。大多数男人曾经给自己心上人买诸如电烤面包机、真空吸尘器之类的东西，得到的是片刻欢愉。这些早年里爱的象征物，而今四仰八叉地躺着，生着锈，被人用力抛下，竖在那里。看着这样的景象，怎不叫人神伤？成千上万的铁衣架，是其间唯一亲切而真诚的音符。

西尔斯回到了城里，打电话给他的律师事务所，要他们调查比斯利池塘的悲剧。他还写了一封信给报社。

第二章

砯[1]芯片的发现具有革命性，其显存容量远比硅芯片大，因此，西尔斯出差前往喀尔巴阡山脉的砯矿区，还去过多瑙河谷新发现的新矿。写作之时，硅芯片的随机存储器和只读存储器能存储不到16 000个事实，硅64 K能存储65 536比特信息，而砯芯片带来的超大规模集成电路，能存储超过一百万件信息。汤普森-霍华德完成的一项研究倾向于认为砯芯片更具优势。汤普森-霍华德测试了300 000个芯片后发现，砯芯片残次率最低。西尔斯任职的公司，为包装盒生产商制造侵入系统，所以他一直熟悉计算机的存储能力大到超自然，其鉴别力也低到超自然，所以他越发关注一些情感化的东西，例如溜冰的终结，还有比斯利池塘的毁灭。就在最近，又有一桩让人感伤的事，成了他关注的焦点。

1 原文为cerbical，应为作者自创化学物质。——编者注写作之时，自动化严重地冲击了排队或曰站队的现象，尤其是在银行。报纸广告、电视、邮件纷纷告诉客户，可以插卡在智能化机器里存款和取款，可是仍有相当一部分人，会把卡弄丢，或是实在孤独，希望在银行窗口前友好地排队，对出纳笑一笑。他们这一代的人，会认为天堂里人们仍需排队。排队中能感到一种变化的力量，但这种变化，也不过是在飞机场看到从罗马到旧金山的机票一天后涨价的那种。空气中飘荡着微弱的、随机播放的音乐。

她排在他前面，隔着两三个人，是个很好看的女子，虽穿着高跟鞋，仍比他矮一英寸左右。小得抱得住，这么去想时，他都已经是出于一种现实考虑了。她的身材很好，讨人喜欢。他想也许是怀旧的缘故吧，她的面容让他过目不忘。可能是他老了，害怕爱的终结。他心里不时会担心这样的损失。看电影时，若看到男女热吻，他会想到这是什么样的国度，会不会明后天就会有人勒令他离开。看到有情侣在街上深情拥抱，或是开心地肩并肩行走，他一时间会感到自己的年华已逝。或许因为这样的原因，他觉得她光彩照人。她的容貌引起了他最直接、最强大的回忆：棒球场第一次投球前国旗升起，同时有男中音唱起国歌。这是一种夸张，但她的外表带来的回忆全都阳光灿烂。她的头发是浅浅的黄色。他知道，取下墨镜后，她的眼睛应是紫色的。她娇小的身材与山脉无关，可是这样的身材，却分明宣示着天堂的存在。视品位的不同，这天堂或许是群山，或许是大海。换个日子，可能他看到的会是某个美丽的海滩，可是今日，他看到的是群山，他注定要抬起眼睛，抬起头，支起肩膀，就好比我们在一个可怕的赌博区，突然看到了白雪覆盖的群山。它们充满挑战，而又无比惊艳。他的生命似乎零落不堪，需要牵线搭桥，而在这一个早晨，在这个银行里，她像是那个牵线搭桥的人。她是个姑娘、是个年轻女子的时候，一定是大美人，这是一种丰韵，一种气质。她像是人造黄油盒上的美人，或是父亲雪茄盒子上的东方舞女，是他九岁时看到后小鸡鸡会骚动起来的那种。

那时候银行里飘荡的音乐，是勃兰登堡协奏曲，被当成拉格泰姆音乐演奏。他想象着她赤裸的光滑的背部，毫无凹陷，多像应许之地啊。他当然希望她做自己的情人，他觉得，在那深层而满足的情欲高潮中，他会显出自己不朽的灵魂，也能瞥见对方不朽的灵魂。我们的恋人总是和我们一样高，或比我们更高。他走出队伍，轻轻拍了拍她的肩膀，说："不知你能否告诉我他们在播什么音乐。你看上去像是懂音乐的人。"

"你对女人一无所知。"她说。她甜蜜地笑了起来，手里拿的一些资料掉到了地上。他去捡起来的时候，发现大部分是房地产广告，递还给她的时候，他问她是不是做房地产的。她说是的，他说他在找公寓。她给了他一张卡片，上面的名字是蕾妮·赫恩登，然后他们各自回到队伍里。

西尔斯对他在东七十八街的公寓很满意。但几天之后，他打电话给蕾妮·赫恩登找房。他不是一个心口不一的人。他真的是想大大奖赏她为他花的时间。他说，他一直在寻找一居室或两居室的公寓，租金不成问题，他还会签至少两年的租约。她同意第二天下午带他去看房。

她上班的办公室，给他一种地下的感觉。他们是在一个地下的社区，一个地下楼房的一个地下楼层里，等进去时，他看到一切都是会随时搬走的样子。接待室装饰着一个巨大的瓮，里面装着各样假草，前台的办公桌，前台本人，似乎都是临时的。仿佛一声令下，一切就可以搬到另外一个楼房，另外一个州，甚至另外一个国家。蕾妮·赫恩登过来见他的时候，她自己倒显得持久实在。她无时不在吸引着他的心怀意念，在人生的这个时节，她的魅力便是他心目中的永恒。

他猜测她三十五岁到四十岁的样子，可能结过一两次婚。此刻她的过去和他无关。她处在积极的一面。她这个年龄的妇女，无论是孀居还是离婚，是在做房地产，还是在瓷器店做事，都像被委任为牧师一样，穿着千篇一律。她穿着正装，身上有点香水，也没戴帽子。她大概也知道，要是有机会，他是想亲吻她的，等他们到了街上，他伸过胳膊，她温暖地挽住，开心地微笑着，或是哈哈大笑。她说，他们可以步行，也可乘出租车，他说，他乐意步行。

他们还没走半条街，突然她被橱窗里的绣花围巾吸引住了，准确地说，像磁铁一样被粘住了。她还挽着他的胳膊，却在欣赏着这些围巾。他提出给她买一条，她婉言谢绝，据过往经验，他知道这种谢绝是真诚的。他知道许多妇女的拒绝是半推半就。他觉得她这么明确回绝一个陌生人给自己买礼物，明确能让人看出她的自尊心有多强。他认为这既亲切又可爱。他还高兴地看到，走了三个街区，他们就从她办公室走到了她给他物色的公寓，一路上她总是停下来看橱窗，除了一个手术器械橱窗外，她几乎一个不漏地看了过来。他们看了鞋子、帽子、服装、陶制动物、珠宝、瓷器，她对所有在卖的东西都喜欢，这让他受到吸引，似乎是说明她和他一样，不加分别地爱着所有的男女老少，顺境逆境，阴晴圆缺。她让他看的公寓非常不同。

大约这个时候，由于是强奸和抢劫的高发期，某些街区的公寓很难进去，虽然她有钥匙和证件，一个门卫还是很难对付。他的制服没扣扣子，和他们说话的时候，他还用一根老式的厨房火柴剔着牙齿。他们最后终于进去，发现走廊上全是一样的昏暗的灯，门也完全一样，她好不容易才找到要让他看的房子，这一切都似乎预兆着他要像戴罪之人一般在这里形影相吊了。她带他看的公寓房，是一个漂泊者的栖身之地，里面还有一个离婚者的桌子和椅子。那人的情人或舞男抛弃了她，可是她还留着他的照片—— 很多都是裸体的——都还挂在她卧室的墙上。有一个狭窄的露台，从那里可以看到一片蓝天，可是广阔的日光，却无从照到公寓里来。

当然，她知道，他不会要，他也会这么说的。“我不知道，”她说，“为什么带你来看这个。我自己都讨厌这里。”“不过我有机会请你吃晚饭了啊。”他说。“我很想和你一起吃晚饭，”她说，“如果你不介意晚点吃的话。我傍晚很忙。”“无所谓什么时候。”他说。

他们走了回来，这回是在街道另外一边走了，看着展出的手套、鞋子、古董、刺绣、绘画。“我们什么时候见面?”走到她办公室门口的时候他问。“星期四行不行?”她问道,“星期四大约九点十五分,在圣安瑟伦教堂的教区活动室里见面。”然后她走了。

圣安瑟伦是长老会教堂,他想,又不是周末,这平时晚上她去那里做什么?此时是四旬斋,教会唯一的庆祝,估计也是哀悼气氛。具体情况他不知道,但他总觉得在守宗教节日上,长老会没有他自己去的圣公会那么严谨,他猜测星期四不是教会节庆日,她也不是去教会祈祷的。他过去的妻子或恋人,都不是热心的教友,这可能是他第一次去教会见一个女人。圣安瑟伦是在公园大道上,这是一个财富比一切都重要的高档社区。教堂正门暗暗的,上了锁,可是拐角的教区活动室亮着灯,也没锁门。他走了进去,里面是一个巨大门厅。还有另外一扇阔大得像宫门的大门。门上有张用图钉钉着的标记,上书:内部会议,仅限会员。标记做得很业余,他想可能是某个年轻漂亮不足但是热心有余的妇女在厨房桌子上写出来的。西尔斯的想象力倾向于乐观，这闭门会议仅限会员的做派——一定是有什么盟约、承诺、发誓——他也不觉得多坏。他想，或许是要支付会员费吧。他不觉得去看上一眼，会被视作私闯，于是他把门开了一道缝。

他看到的是一间布道会用的会议室或礼堂，是举办义卖会，或是表演圣诞节目的那种地方。他看到有四十个男女，在认真听讲台上一个人在讲话。令他感到惊讶的是，他丝毫判断不出这是怎样一群人。即使在他所熟悉的战争时期，即便在城市起火、人们逃难的时候，他也不会见到这样混杂的人群。他看不出是用什么标准挑选这些人聚集在一起的。那些面孔，有的老，有的少，有的憔悴，有的安宁，看不出门道来，他看他们的衣服，更是难以辨识。那些衣服有的阔绰，有的寒酸，有的是对阔绰的廉价模仿。他们是谁：他们到底是谁？这里是他的国家的面孔，朴素、开朗、多民族混杂。

他看了看台上的女子。她一头黑发，年龄四十来岁，穿着一件无明显特征的长裙，长裙号称晚礼服，其实参加婚礼、洗礼和烧烤的时候都可能穿。她在念一个名单。她念到名字的时候，有三男两女来到台前。其中一个是驼了背的老太太，看上去肯定年逾古稀了。其中一名男子也许是十九岁。他头上有三个旋涡，发色很深，上身穿着运动衫，上有“欧蒂姆大学”字样。他旁边是一位金发碧眼、西装革履的年轻男子，再过去的一位是他心爱的蕾妮，穿着那种简单的连衣裙，其价格要略低于一辆不错的二手车。她看起来可爱、活泼，和他一开始看到的一样。

“把灯关了，查理。”穿长礼服的女子说。灯灭了，在带着悬念的一两分钟后，门开了，一个男人捧着一块平平的、价格便宜的蛋糕进来，上面还插着蜡烛，这是为了庆祝某楼宇维修助理或速记员的退休。灯光又亮了，人群站起来，唱起了那种惯常的祝福歌，声音真诚，但调子混杂："祝你周年快乐，祝你周年快乐，亲爱的大明星……"蕾妮面露笑容，接着大笑起来，似乎是为自己的祝福由衷高兴，他接着又去看会众。他理应从各人不同的脸上，捕捉到一点信息，一张张脸看过去，男的女的，老的少的，结果他却想象在性爱之中，这些脸都会扭曲成什么模样。他为入侵他们的生活感到懊恼，否则他为自己感到羞愧，于是关上门了。

有个工人在扫门厅。"里面在干什么？"西尔斯问道。"我不知道，"工人说，"戒烟，戒酒，戒食啥的，我不记得今晚都属哪一拨了。我他妈最烦戒烟的。我每天抽一包，甚至一包半，我扫烟头，我就干这事，就为这个拿钱，不是别人的事，就我一个人的。你比如说吧，上礼拜我去交州税。在政府大楼里头，建这楼都有我的钱，可是那墙上，就写着：感谢您不在此抽烟！他妈的他们怎么知道我不抽烟？他们怎么知道我在不在里面小便，放屁，勃起？感谢您不在此抽烟。关他妈的什么事？感谢您不在此呼吸……”然后，他从一门口走了出去。

几分钟后西尔斯听到人群集体在念什么东西。他们的声音热切而清晰，看样子不是什么神秘的颂词。很难想象出它到底是说什么。其节奏西尔斯听起来有点熟，像是什么《圣经》经文，可能是主祷文，或《诗篇》第二十三章，其节奏又和十七世纪的《圣经》译本有些类似，除非有人告诉他，否则他无法知道这些人到底在念什么。

接着门开了，他们走了出来，不像是某次娱乐活动或讲座结束后那种蜂拥而出，而是三三两两出来，就好比是一次社交聚会的结束，毕竟，他也亲眼看到了他们吹灭蛋糕上的蜡烛。他寻找她，寻找一个可爱女子身上的光彩。多年来，他在机场找过，在火车站找过，在船码头找过这样的光彩，如今，他是在教区活动室寻找。他看到了她，一如既往地光彩夺目，他走过去，出门的时候，她挽住他的胳膊，他叫了一辆停在路边的出租车。“你们到底在里头干什么啊？”上了出租车后他问。“你能不能答应以后不再问这个问题了？”她说，“我知道这听起来挺不合理的——如果我是你的话，我也会觉得不合理吧 ——我每周都要去教区活动室待几晚上，不过我不想告诉别人为什么。如果你约我星期五出去，你得去社会研究新学院[1]接我。要是你想知道我去那里干什么，我倒是可以说。”

“你去社会研究新学院做什么？”

“我正在学会计。”

“是为了做生意用？”

1　社会研究新学院（The New School for Social Research），一所位于纽约市的美国高等教育机构。——编者注

“没有。我想弄明白所得税怎么回事。”

“这办法聪明。”

“你呀，”她笑着说，“对女人什么都不懂。”

他找了家价钱还算不菲而且工作人员都跟他熟的饭店，订好了座。出乎他的意料，她也一样众所周知。领班跟他热情打招呼，但是跟她打招呼也一样热情。西尔斯跟在她后面，观察到她的举止，能看出她对自己的漂亮很自信。这中间有些心照不宣—— 他都看到一个侍者跟同事挤眼睛了。就他而言，这只是增加了乐趣而已。他第一道菜点的是条冷鳟鱼，大部分都被她吃了。他点了一瓶73年的蒙哈榭，但他注意到她几乎没喝酒。她尝了尝汤，说太咸了，等他的什锦菜鸭子汤上来后，她和他几乎平分着吃了。她也很喜欢自己的饭。西尔斯很少吃甜食，但她吃了份焦糖布丁，边吃边跟他讲自己的事。

她跟一个名为亚瑟的成功牙医离了婚，他们有两个孩子。她儿子十八岁了，痴迷于东方宗教，不过从她的话里，西尔斯没听出他现在是不是在西藏。她女儿在亚瑟住的得梅因上一所芭蕾舞学校。她说眼下她正处在转折点。说这话时她语气里没有嘲讽，她也没有笑。他觉得还没到时机跟她说自己其实一开始并非是在找房子，不过，从她说话的语气上看，她可能已经知道了。“我希望我们晚饭后能回到你的地方，”他说，“我住的地方一团糟，我都不好意思让你看。”

“可是，我不正因为这个原因来的吗？”她带着一种爽朗语气说，这语气一时间让他郁闷，可接着他又觉得这不过是虚晃一枪，但情有可原。“我要带你去看一间新的公寓。八十几街有个地方，两卧房，风景特好，能看到桥。我想我们吃完饭去看看吧。”

他用信用卡付了账，看到他给的小费金额时，她轻轻地、惋惜地说：“给太多了，真是太多了。”

他们叫了一辆出租车去他们要看的公寓。门卫没有为难他们，不过这楼房西尔斯觉得太大，像迷宫。上了四五十层楼，她打开门，里面是个小小的房间，确实能看到河流、桥梁、灯光。这一切迷人而遥远。卧室小小的，还有个厨房，还有扇锁了的门。她用了几把钥匙试着开门。“我知道还有一间卧室，能看到城里，”她说，“这上面说的。”她给他看一张复印的纸，上面说有两间卧室，一间宽敞，能看到城里。但门是锁着的。她带的所有钥匙都打不开。她全试过一遍。西尔斯也试了一遍。“这并不重要，”他说，“我不希望看到另一间卧室。客厅实在是太小了。我的意思是我的任何家具都放不进去。另外一个房间就不用给我看了。”

担心。她在担心。钥匙打不开门时，她试图用手强行开锁。她踢了门。西尔斯想起和第二任妻子埃斯特尔有次争吵的情景来。是在一个机场，估计是伦敦吧。他们坐了夜间航班，看表是三点半，一个很不圣洁的时辰。他们都筋疲力尽，而且晕头转向，可是不知是因为罢工、减运，还是出于某种历史性灾难或庆典的原因—— 地震？加冕？——游客增加，取行李并接受检查确保未携带违禁品的整个过程拖得简直遥遥无期。他们还没过关，伦敦已是拂晓——在这特别的早晨，那黎明的光显得绝望。他的包过了检查，他背着这行李排队等出租车，这时候埃斯特尔停了下来，想打开一扇门。那门上分明用各种已知的欧洲语言和西里尔字母写着不得入内。和蕾妮一样，她试图强行打开。她用拳头捶打着不得入内[1]的字样，和蕾妮一样，她哭了，抽泣着。

他当时便感觉到自己是多么爱自己的妻子，他对她在生活里守着怎样的诫命一无所知。在伦敦的这个黎明，她捶着门，那样子仿佛她来自于一个他一无所

1 原文为德文。

知的创世过程，尽管他们在各自的臂弯里睡了多年。他对蕾妮的感觉，可以用迷茫而深刻来形容。看她哭了起来，他把她抱在怀里，不是为了打不开门安慰她，而是为了亚瑟和她生活中的其他种种失望安慰着她。她趴在他肩膀上哭了一会儿，接着他们锁了公寓门，乘坐出租车去城里了。他在出租车里亲吻了她，她的嘴唇有种未曾遭遇过的柔软，他觉得他永远不会忘记，后来确实未曾忘记过。她身上的香水，比上班时候多一些，他喜欢这样的气味，可是他去摸她的乳房的时候，她轻轻把他的手拿开，说："今晚不行，亲爱的，改日吧。"她住在五十几街，他在她公寓前面跟她吻别，问什么时候能再次见到她。"星期一晚上我会去八十三街的浸信会教堂，"她说，"在九点十五分和九点半之间吧。你都看不出来聚会什么时候会结束。"

第二天西尔斯收到了律师事务所来信，写信的律师不怎么资深，他过去也没见过。信中说，他写信要求调查比斯利池塘污染问题的那位律师死了，是被人谋杀的。律师在被人谋杀之前，已经确认珍妮丝规划委员会已改划池塘性质为“垃圾坑”，并以未来战争纪念馆所在地名义，给了这块地免税地位。如果西尔斯想继续追究此事，年轻律师建议他去找一个叫贺拉斯·奇泽姆的环保人士。

第三章

但愿我讲的这个故事，开头是在河床边，薄荷沿河生长，香味弥漫，我拿着猎枪躺在那里藏着，准备干掉一个来这里钓鳟鱼的伪装者。我能看到天空一片蔚蓝。薄荷香味浓郁，我能听到淙淙水声。伪装者是个很受欢迎的年轻人，此刻，他以为自己完全是一个人。他似乎觉得，能用飞蝇钩钓鳟鱼是一种福气。他在装鱼竿的时候，唱着歌，看着天空和周围的树，确保周围确为一个未经雕琢的花园。他有所不知，很快，他就要从这个花园里消失。我的枪上了子弹，我给抵到肩膀上，用瞄准器对准他心脏部位。薄荷的气味，严重挑战了此次或其他任何谋杀的正当性……是的，我宁可去关注这些事情，而不是萨拉佐家的老狗巴斯特的死亡。可是我写作的时候，水的纯净比什么都重要，包括过去的王朝，而萨拉佐家族关系到比斯利池塘的纯洁。

村里有三家理发店，萨米·萨拉佐经营着其中一家。他是个好人，好理发师，但日子一直过得紧巴巴。他住在马桩巷一处小房子里。该社区曾因麻疹疫情被大都会电视台报道过。看那一带的房子里有无住人，只要看后院有无摆放着某种用炭火烤肉的火盆，要是火盆不在了，说明这家人走了，房子要卖了。这里的建筑结局都很圆满——如同欢迎卡片——换言之，全像是天天想着回归的流放者或难民给建出来的。这些住处多元且国际化。有的是英国都铎风格，有的是西班牙风格。它们要么是为了怀念尚未远去的过去，要么是在展望某种简明有效的未来。总之，它们全都有力地表现出一种终结与回归感。若说这些房子看起来太假，太粗俗，那也情有可原，它们本来就是要代表一种与世无争的退隐。

此时已经是暮冬，生意清冷。理发店无人光顾，除了邮递员。而邮递员也不过是来送账单的。萨姆[1]

1　萨米的昵称。

五点钟就把店关了开车回家，途中下坡处他把引擎关了，让车顺坡下滑，好省一点汽油。至于他所回到的家是何等拙劣，他妻子和两个女儿看的电视节目何等愚蠢，我实在不愿去费笔墨。节目上在转一个轮子，赢了的人可以得到实物奖励、旅游门票，有时还有现金奖励，每次赢了，场面总是非常喧哗，非常招摇。老狗巴斯特跟他打招呼。“我的晚饭呢？”萨米问道。电视太吵，他得把要说的话吼出来。

“没晚饭，”他老婆说，“家里没吃的，只剩狗粮了。”

“我给了你钱去买菜啊，”萨米喊道，“哪里去了？扔街上了？”

“你给的这点钱除了狗粮什么也买不了。”他老婆叫道。

“好吧，我们没得吃，巴斯特也没得吃，”萨米叫道，“如果我把巴斯特打死才能让你这榆木脑袋明白过来，我会毫不犹豫地动手的。”他老婆和女儿可能不相信他真会动手，也可能是看电视太入迷，总之根本没有搭理他。

他拿了自己的枪，装上子弹。然后，他走进客厅，关掉了电视。“我要你们都给我看着，”他说，“这里得有人明白，生活是多严肃的事。我们不能去吃福利，因为我还有这生意，可是我们得做出些牺牲，咱们就先拿巴斯特下手吧。”

两个孩子都哭了起来：“哦，不要，不要，爸爸，不要，不要。”在未来的岁月里，他的两个女儿，赤身裸体地躺在陌生人的胳膊里，会像示爱一样，用亲密的口吻说：“我有没有告诉你爸爸打死狗的那天晚上？”但此刻她们是孩子，成人的世界，以及眼前这任何人都觉得怪诞的场面，让她们迷惑不解。我们对犬类的智力和犬类的永恒感都一无所知，不过巴斯特似乎悟出了自己即将面临的狗命，也欢迎这样的机会：在这家人生活里扮演一个有用的角色，哪怕要为此献出生命。孩子们尖叫起来。玛丽亚的抽泣可谓刻骨铭心，生活于她而言似是一团混沌，没有任何光亮来指引。萨米牵着老狗到后院里，让它在炭火盆右边一点的地方坐下。然后，他后退了几码，一枪打中老狗的心脏。

看到这个场景，玛丽亚去打电话给萨姆的叔叔路易吉，说她要见他。萨姆来自那不勒斯南部的一个家庭，由于移民到了新世界，家族关系更密切了一些。路易吉经营着一家家庭餐馆，餐馆在一条老邮路支线上，和一条四字州际高速公路会合。玛丽亚没有说她来看路易吉，只是告诉他说，她动身来了。

路易吉经营的这家意大利餐厅，让我们想到在这个大陆定居下来是多近的事，我们中多少人仍是陌生人。意大利南部的拱门和砖石，都还在这里，可是就如同被人马马虎虎移植到陌生土壤上的植物一样，这些拱门和砖石，失去了一些旧时的功用和美感，却又多了一些新的属性出来。小餐馆在家族分支之间转手多次，名字、特色食品都换了又换。它曾经叫埃米利奥餐馆、乔瓦尼餐馆，请过半裸舞女，也请过黑人歌手，甚至一度打出中餐招牌。玛丽亚来到餐馆的那天晚上，一个穿着肮脏燕尾服的陌生人问她想要什么，她说要见路易吉，那人说路易吉不在。她从他身边挤了过去，打开吧台后的一扇门，发现路易吉在看电视新闻节目。

“哦，路，路，”她哭着说，“我知道我不是意大利人，你们都觉得我不会做饭，家族大部分人都把我当陌生人看，可是你得想法帮帮我。大约二十分钟前，他把狗带到后院，在所有人都能看到的地方，把狗给枪杀了。我们只是没钱。我们需要的也不多啊。我们需要的真的不多。他除了家族里的人，什么朋友都没有。他甚至不去参加志愿消防队。我太老了，没法去快餐馆做事，缝东西也不快，没法去蓝斯威尔的血汗工厂做事。你一定要帮我们。”

“萨姆没病吧？”

“不，他没有病，他甚至头脑都没病，他就是操心病。”

“你住在比斯利池塘附近？”路易吉问道。

“是的。我们住在马桩巷。离这里大约半英里远。”

“你叫他明天下午到我这里来。”

萨拉佐家族组织里，能量的传递方式极为熟悉，极为传统。地中海陷入破产之前，他们的家就在意大利南部海岸上，不过他们家族没有沿海人家的任何特征，海盗除外。他们也不像靠山的人家。或许唯一能说的，是这个家族过去很穷。而今家族里混得最好的，请州长参加过婚礼，有两位还在白宫吃过饭。萨姆对这一类萨拉佐族人唯一的了解，大部分也是通过看报纸。他是众多理发师、加油工、泥瓦匠所组成的萨拉佐无产者中的一员。这便是他打死狗之前的境况。第二天晚上，一辆黑色轿车停在他们家门口，一个年轻人——不是家族成员——邀请萨姆担任比斯利池塘公正用途州长特别委员会的副主席。他的工资，是理发店收入最巅峰时的三倍。他得避免任何形式的招摇——比如，不可以买新车——不过家族组织将帮助他把钱存起来，投资获利。他唯一的职责，是为比斯利池塘的倾倒收取现金。

三天后，萨姆在理发店窗口挂出出租告示牌，一天早晨，七点的时候，他看到一辆五轴十八轮的垃圾车在等着。费率是每卸一次八十美元，在上班第一天，萨姆就收到了将近六千美元。他用一个账本记录倾倒情况，负责的人还给了他一个皮包装现金。他知道，他必须老老实实，虽说意大利南方人杀人不眨眼的说法有些夸张，他倒也没有偷窃的喜好。每天晚上七点，有两名男子准时开着一辆黑色大轿车过来，在他们家收取现金。

收账的人也非凶神恶煞。他们中上了年纪的那个是个小个子，是那种老派意大利人。这种老派意大利人总把帽子斜扣在额前，仿佛是要挡住春分时节太阳的耀眼光线，哪怕下雨的时候也这样。意大利大部分地方在山顶，这些老派意大利人走路总把膝盖抬得高高的，仿佛还是在爬山。年轻男子留了小胡子，喜欢笑。他们都谢绝喝酒和咖啡的邀请，也不肯坐下，到了周五，就把萨姆的工资发给他。他从来没有挣过这么多钱，他会分给玛丽亚些，出手也不算吝啬。

除萨拉佐家人外，巴斯特之死唯一目击者是隔壁的贝特西·洛根。她是一个还颇年轻的女子，带着两个孩子，丈夫在邮局工作。萨拉佐和洛根两家并不友好，可能是因为萨拉佐的女儿大了，无法和洛根的儿子玩。洛根家只和巴斯特亲近一些。巴斯特有时候会到洛根家来，讨些残羹剩饭。贝特西看到萨姆谋杀老狗的时候，她对邻居家剩下的感情，便只有仇恨和蔑视了。她注意到理发店窗口的出租告示。她也能从厨房窗口看到每天黄昏到邻居家的陌生人。从倾倒入池塘的垃圾中，萨姆捞出来一个垫得鼓鼓的破软垫椅，他坐在上面收费。贝特西在州际高速上开车去百莱特百货店的时候，看到过萨姆在椅子上睡觉。他似乎在监督比斯利池塘的死亡，不过在贝特西看来，他还是那个凶手，杀死了那只友善的老狗。

第四章

在接下来的一个月左右，西尔斯熟悉了许许多多教区房子和教堂地下室，以及社会研究新学院附近一带。她每个星期五晚上都在学院学会计。他属于天生的传统派，对于女子在世上的本分有着比较传统乃至于愚昧的看法，可是就他而言，她的美貌不可挑战，想不入大流都难。在他看来，容貌姣好的女子学习算术，只是玩玩而已。她那个会计班上的人看样子也比较热忱、友善，容易接纳他人。然而，其他一些聚会——有的她还是每周去三次，形式上罕有雷同，叫他不由困惑。夜复一夜，聚会者就好比西方世界任何一个公园傍晚遇到雷暴时四散而走的芸芸众生。

看门人告诉他，这些聚会旨在戒色、戒食、戒酒、戒烟。他自己就因好色有过不少尴尬，但他无法想象会到这么一个通风良好的教区房子里，蓄意来锤炼自己。他从不吸烟，体重稳定，且非常享受饮食。要我说吧，这么友好的人，你都想不到她是个美女。

但她的容貌终归还是资本，有这资本，竟能和这伙怪人混到一起，本身就是一件让人颇为赏心悦目的事。她让他和她亲吻，道晚安，为着她柔软的嘴唇和芬芳的乳房，就是下矿井等她他都愿意。在女人当中，她算是相当准时的了。西尔斯开始相信，从约会准不准时，完全可以推算到性生活是否自发主动。他注意到，晚宴迟到的女子，性欲也不知不觉来得慢，早早去参加午饭晚饭聚会的人，有时候在回家的出租车里，就有性高潮了。

当然，这些聚会的长短，和蕾妮一点关系都没有，他自己也一无所知，只是乐呵呵地在教区房子和教堂地下室里等着她，看着她打交道的这帮人。这样的观察开始让他产生兴趣，原因之一，是这些人毕竟与她共事，原因之二，是这些人在令人不安地挑战他的常识。传统上的一些人群组合渠道——俱乐部、社交名录、专业名单——全都过时了，他知道，可是他也感觉，多少还得有些等级感吧，这似乎还是能帮助他理解这个世界，享受这个世界。这些人似乎不属于任何有组织的社群，他们身上也看不出任何这种归属的可能。他们是真正的社会横断面——这是他所憎恶的。

但是，由于这个群体的根基是禁欲、节欲和一些无形的道德观念，除了形形色色的人群，他还能指望什么？人的精神生活似乎和等级无关。至少在西方世界是这样。早期基督教的皈依者更是五彩斑斓。他来自一个动辄抱怨的年代，他觉得自己还不配去嘲笑有着更高追求的男女。他的那个年代，主题曲是今不如昔。这样的主题曲，在他的长辈、同事中间传唱，他都在大学里听过汤因比和斯宾格唱过此歌。今日不如昔日，一切都走向败坏，道德、智力的阴影慢慢在西方世界延长，乃至万劫不复。这样自寻烦恼的老气横秋，多么乏味啊！他估计，这些来聚会的古怪陌生人，也都会同意他的说法。然而，他做梦也不会想到自己会放下架子和面子，加入到他们的中间。

可是有她在，举止轻盈、快捷、灵活，绰绰有余地弥补了他的老迈。他们吃饭，开玩笑，在她家的街道上和她吻别，就这么发展着，突然有一天晚上，她打电话来约他，不是去某个教堂地下室，而是去她的公寓。"不用预订餐厅，"她说，"晚餐我自己下厨吧。"

那是一个雨夜。凭西尔斯对爱的有限了解，他自己是不会将雨声和爱联系起来的，事实上这种关联是有的。其实他对爱情的所有认识，都是在曼妙的雨声中得到的。小阵雨、大雨、暴雨、洪水，事实上，似乎都在他的记忆深处和爱情联系起来。只是那天傍晚，他在仔细沐浴更衣的时候，这样的关联他没有想起来。雨水对农业很重要，这重要性来自充沛的量，而充沛是爱情的一个方面。在某种程度上，一下雨天就暗下来，而黑暗也和爱有关。无数次，他听着雨落在屋顶上，听着雨从漏水的雨槽落下，听着雨落在田野和花园里，也同样听到雨落在其他很多城市的屋顶上，后院里。他躺在床上听着，计算着他的祝福。那天晚上，他冒着雨从城里走了过去。

写作本书之时，这世界上他所熟悉的所有城市都流行慢跑。在鹿特丹或莫斯科的黄昏，或是纽约城冬日偶有出现的灿烂霞光下，或是在哥本哈根飘起初雪之时，你会发现，能想象到的各种年龄、各种来历的男女都在向前奔跑。这些奔跑唯一的奖赏是些小小的、微不足道的奖牌。当然，商业化是挡不住的，但那是日后的事。在当时，跑步尚属消耗人力却不和银行打交道的少量人类活动之一。有一天晚上，在阿姆斯特丹或列宁格勒——具体是哪个西尔斯已经不记得了，不过他好像还略懂其语言——西尔斯拦住十几个慢跑的人，问他们为什么跑。“我为了找到自我跑步，”他们说，“我为了减肥跑步，我为了恋爱跑步，我为了忘记债务跑步，我为了让硬了三个星期的那话儿软下来跑步，我为了逃避岳母跑步，我为了上帝的荣耀跑步。”他觉得所有这些答案他都满意，都能理解，现在到了黄昏，不论是在布加勒斯特还是得梅因，在威尼斯或卡尔加里，看到跑步的人，他都觉得这些人是世上的盐。人类为了追求卓越，会拿出怎样的决心啊？这些人便是不可辩驳的铁证。在那个有雨的晚上，很多跑步的人从他身边经过。

她披着一件有些旧的宽松长袍，在门口迎接他，他以迅雷不及掩耳之势脱了衣服。“你可结实了。”过了一会儿之后她甜蜜地说。“你好像有蔬菜烧煳了。”他说。“你从大厅打电话过来的时候，我把菜全放炉子上了。”她说。他晚上留下来了，次日大约九点钟才走。我们搞一些婚外小动作的时候，电梯工、门卫等所有服务阶层人员都会扮演重要角色，要么认可，要么吃惊。蕾妮公寓的电梯工看西尔斯出现似乎感觉惊讶，但是露出这种惊讶之后，表情又转为关注，似乎西尔斯有什么东西让他担心。他问要不要帮西尔斯叫出租车。西尔斯向他表示感谢，说不用。西尔斯已经不和他见外，心里都在想着到圣诞节的时候，这楼里的小费他怎么安排，虽然当时连复活节都还没到。

哦，这风刮的，这雨下的！在珍妮丝，萨姆把狗打死，手头也有了些钱之后，玛丽亚·萨拉佐在百莱特百货店买了一些风铃。

贝特西是在早春的一天晚上准备晚饭的时候，第一次听到了风铃声。萨姆将这些风铃挂在萨拉佐家后院，离洛根家的厨房很近。即便贝特西关上窗户后，她还能听到风铃的声音。那天晚上，这声音吵醒了她。这时是凌晨三点了，她醒了就没法再睡着。她不想跟风铃有任何关系，可这风铃却像是和她在诉说着什么。她在自责。她不喜欢萨拉佐一家，因为他们把家里的老狗杀了。她也不喜欢他们家其余的一切，包括他们的风铃。她到天亮都不能再睡着，就是闹钟把她闹醒，她紧接着听到的也是这风铃声，这成了她的错。

贝特西在一家斯堪的纳维亚灯具厂做兼职档案管理员。下班回到家，她给照看宾西的老太太付了钱，紧接着就听到了那风铃声。她关上了窗户。她似乎还能听到它们的声音。她上了楼，把屋子里靠风铃那一侧的所有窗户全关上了。一年中这个时候的傍晚还是很热的，亨利回家后，和她亲吻，接着问为什么把所有的窗户都关了。“萨拉佐家的风铃快把我逼疯了，”贝特西说，“可能是我神经衰弱还是怎么的，我就是讨厌这噪声。”“我把电视打开吧，这样你就听不到了。”亨利说。他真去打开了电视。可是晚上大约十一点，他们上床睡觉的时候，她又听到了风铃的声音，用她所不懂的语言，没完没了地说着它自己那愚蠢的故事。在她的想象中，萨拉佐夫妇不像她和亨利那么敏感，那么细腻。她估计他们的粗俗里，也包括对周围世界的声音，包括风铃声，感到迟钝。可是，三点钟风铃声就把她吵醒，害得她一直到天亮都睡不着。她无法辨别风铃声音中到底是什么让她不安，可是她就觉得这声音闹心。第二天晚上她回到家，脱鞋子的时候，就打电话给好友莉兹·霍兰，把她遇到的这个问题告诉她。

“这个，请她拿下来吧，”莉兹说，“你就跟她说，风铃把你快吵疯了。要不你先客气地问问，风铃声她能不能听到，她有没有觉得吵？要不要先这么试一下？”

在当时的季节，萨拉佐夫妇除了上班，几乎从不出门。天还冷，不用出来给立式游泳池放水，也没有什么草可以割。贝特西不想通过电话来讨论这一问题，可是第二天晚上，她看到玛丽亚·萨拉佐从后面楼梯上下来，手里拿着一个垃圾桶。贝特西跑出家门，穿过院子。“今天天气真不错啊，是不是？”她说道。

“这得看你在干吗了。”玛丽亚说。她在大垃圾箱边上磕着小垃圾桶。有人告诉贝特西说玛丽亚有时候贪杯。她希望她此刻没有醉。“我看你新装了风铃。”贝特西说。

“我让他们在百莱特百货店买的，”玛丽亚说，“不过我想现在都卖完了。我有个朋友在东方艺术公司做事，没准能给你买一套。”

“哦，我不是要这个，”贝特西说，“我只想知道，不知道你们是不是也像我们这样，听到声音这么响。”

“当然我能听到了，”玛丽亚说，“不然你想我买了干吗？”

“嗯，问题是我们听到太多了。”贝特西说。她的话很难出口。要是说她睡不着觉吧，就等于说自己神经衰弱睡眠不良。“我在想你们能不能晚上给关了？”

“你肯定疯了吧，”玛丽亚说，“你觉得我能把风关掉？”

第五章

接下来几个星期蕾妮拒绝接受西尔斯的任何礼物。她送给他一条围巾，一双手套和一对袖扣，他给了她一件首饰，她却让他去退掉。“你呀，”她笑着说，“对女人什么都不懂。”西尔斯的性需求让他开心，也让他略觉尴尬。他痛苦地怀疑，自己性格中有两个互不相容的极端。和他个性气质最为匹配的，是杰基尔博士和海德先生的传说[1]。他从来没读过这本书，但电影他看过。蕾妮的善解人意，她在出租车上、在走廊上的种种迁就，都是一种他记忆中从未体验过的美。两人之间有种默契。她曾经转过背说过，根据她的经验，男人的精液做面膜，养颜效果最好。他听过这话，但他对肉欲的临床效果兴趣不大，所以这话他很快忘到了脑后。他一心求欢，她醉心于青

1　杰基尔博士和海德先生指分裂人格，典出苏格兰作家罗伯特·路易斯·斯蒂文森（Robert Louis Stevenson）1886年所著小说《化身博士》（*Strange Case of Dr. Jekyll and Mr. Hyde*）。

春，这些都是事实，不过这些是他可以忽略的事实。如果我们从实用角度去思考爱，自会找到各种内在的需要，但有没有它们，也不会妨碍双方的两情相悦。两人是各取所需。

根据他的经验，她这样的女子屋子前厅总是很乱。这样的女子总是忘了买橘子，当你搂着她醒来的时候，第一件想到的事，是把裤子穿上，出去买水果。她这样的女子，进入公寓后，必定先打开灯，然后打开唱机。他进到她公寓的时候，音乐在放着，等他走远了，被遗忘了，这音乐还会在放着。他根据经验知道，沉默，或是没有音乐，也适合一些男女，一些和黑暗一样可疑的男女。它似乎是一种真正的需要，如同蛋白质和糖，可是对他本人来说，不断播放的音乐是个难题。有一天晚上，他们正做爱的时候，唱机里正在放一支浪漫的钢琴协奏曲，末尾是一连串冲击力强的高潮，如火山爆发，但又显得虚假。每一次钢琴家快到巅峰之时，又会跌落下来，进入低八度音，然后再一次上升，西尔斯也只得跟随。最后蕾妮终于充满柔情地问："你还没高潮吗？""钢琴家不高潮我就不高潮。"西尔斯说。这话说得也真实，结果他和钢琴家终于一起进入了高潮。他从来都没搞清楚她是否了解自己。

他会形容她是个聪明的女人，当然了，她也有让他吃惊、让他失望的时候。她对放射性一无所知。一天晚上他来之前，刚开完董事会议，感觉疲惫，他想跟她解释他怎么会这么累，可她就觉得乏味，觉得不能理解，可在他看来，这事再简单不过。控股他们公司的企业集团那天下午收购了一家销售额是他们三倍的航空公司。他解释说，任何大集团，业务面都不能太窄。她也该知道，任何形式的专业化都可能非常危险。比如核投资吧：开采铀矿的成本，已经从每磅十美元涨到近四十美元了，可是铀的价格，却从每磅四十美元降到了将近二十八美元。他们买下的航空公司，只需要那些能干的高管把去年亏损两千万的局面给扭转过来。这个消息她听到不由嘘了一声，可是她完全没有理解的是，他们公司唯一的优势，是亏损了三千七百万。不过，要他说，她还是个机灵的女子。

她的妹妹到了镇上，所以他一个星期左右没找蕾妮。他非常想念她。身体方面的匮乏很难熬也很难忘。她妹妹走后，她答应和他共进午餐，她邀请他一点钟到她的住处来。他想象她会穿着蓝袍子迎接他，他们做爱之后，他会去叫三明治。为约会穿衣的时候，他努力想记起她说她所喜欢的领带、衬衫和西装，但接着又想，反正进到她公寓之后，过一两分钟就会把衣服脱掉，又何必为穿什么犯愁。他甚至决定不穿内衣，以免碍手碍脚，让他不能迅速裸身。西尔斯把生殖器塞进裤子里头的时候，那脸上的表情值得玩味。

西尔斯是一个有些城府的人，这么说倒没有什么无耻或傲慢的暗示，不过，他真喜欢那种类似于君临天下的感觉，就好像他那个器官，不是地球上所有男子都具备的普通器官，而是一件了不得的宝器，比如签署《凡尔赛条约》的钢笔。就是这钢笔，把马其顿从保加利亚分了出去，把爱琴海沿岸割让给了希腊，在巴尔干地区形成了几个吵闹不息的新国家，让大批人口流离失所，给了波兰一条通往波罗的海的通道，也给未来的不和与战争埋下了种子。西尔斯把生殖器放进裤子里的那一刻，感觉就好比是在书写历史。

那一天没有出租车。他差不多是跑到了她的公寓，进到楼里电梯里时，都上气不接下气了。“十二楼B座。”他对电梯操作工说。操作工还是第一次早上开电梯让他下来的那人。在西尔斯看来，他的脸上尚有些纯真，所以接下来的问话之阴毒，让他猝不及防。

“你是她父亲？”开电梯的男子问。

“不是。”西尔斯说。他几乎说不出话来。

“是她爷爷?”

“我是她的叔叔。”西尔斯说。

“那她小时候你一定就熟悉,”开电梯的人说,“她肯定漂亮得要命吧。她到现在都风韵不减,都不敢想她小时候漂亮成什么样子了。”

这对西尔斯是一个打击,一个沉重打击,不过看她屁股扭来扭去的那样子,他本应该都预料到了。只要跟着她去餐馆吃饭,去桌子的路上,跟着的服务员或是任何其他人都会争风吃醋,大家都自然而然地把西尔斯当成一个老头子马虎对待。这样的老头子衣服一脱,身上除了一只昂贵的手表,怕是乏善可陈。他意识到了这种暗中较劲,但他一直以为自己是胜利者。这回的打击堪称致命。

她打开门时,没有穿她那身旧旧的蓝长袍。她穿的是第一次带他看房时穿的套装,她还戴着手套和帽子。她还戴着阅读用的眼镜，另外还戴了一副墨镜，用来装饰或是用来挡光的。

“哦，亲爱的。”他哼唧着。

“我在通库普兰之墓餐厅预订了个位子。”她说。

“我可是想死你了，”他说，“我正硬得慌，没法吃东西。”他解开裤子，让其滑落到膝盖处。

“对不起，”她说，“但我没法帮你。”

“可别跟我这么说，”他说，“别跟我这么说话，好比是百货公司店员跟顾客说此柜暂停营业那样。你非常清楚你能帮我。”

“我们之间没什么。”她说。

“我操了你上百遍了，”他喊道，“如果这都不算什么，那你这人人品大有问题。整个上午，我都在想象你穿着那件蓝袍子，可是你现在，就没戴套子，别的该戴的戴，该穿的都穿了。”

“你到底还要不要请我去吃中饭？”她问，“要是你拿不定主意，请我的男人多的是。”

“我去买点花。”他说。他把裤子提起来，系好：“你等等。我马上就回来。”

她真的喜欢鲜花，他想。鲜花对她有一种勾引的力量，等鲜花一到，她这种莫名奇妙的正经一定就会瓦解。他跑到离她公寓最近的花店，可是这地方不巧关了。他叫了一辆出租车，要司机带他去花店。好一通寻找，终于找到一家，他买了两打黄玫瑰。黄色是她偏爱的颜色。他经常听她说她多爱黄色。回到她的公寓，他猛按门铃，按了都快半个钟头了吧，最终他不得不面对她已经出门的现实。

现在，西尔斯似乎被无可奈何地时空大挪移到了精神上的巴尔干地区，那里的村庄被火点燃，还有七百多磅重的狗熊在走。西尔斯出差去过巴尔干多次，对这里十分熟悉。他在想象某个周一的早上——某个忧郁的星期一——岁末年初的时候，大概十一月吧，可能要降雪，他的宾馆里很冷。没有热水刮胡子，什么水都没有，也买不到。他穿好衣服，出去了，却发现电梯坏了。他沿着恶臭而破旧的楼梯，走了五六段，到了咖啡馆。咖啡馆里唯一的人是个相貌平平的女服务员，穿着很肮脏的制服，用报纸在清扫橡胶树上的灰尘。那报纸是极权政府宣传用的，上面什么事实都扭曲，包括天气和降雨情况。他要咖啡——咖啡是个最国际化的词了——女服务员脸色却很难看，他这才意识到他现在所处的省份，过去被土耳其人占领了几百年，自从1878年被亚历山大二世解放以来，还没人见过咖啡。

他走到街上。这条街按照“四月三日全民投票”事件命名。他转向右边，寻找咖啡，走上了埃莉诺·马尔科娃大街。他并不知道，埃莉诺·马尔科娃已经在四十年代的某个时候，被法西斯残害了。马尔科娃大街接下去是解放大街，走完解放大街是自由大道，然后是无产阶级大道和胜利广场。他到处都找不到咖啡香味，也看不到笑容，看不到任何形式的美，看不到表情，甚至看不到眉宇间通常会表露的理解。

西尔斯是被心胸开放而充满爱的男女带大的，为什么意识里会出现这样被遗弃的山城？这是很神秘的事。敌意这样的情绪他全然陌生，可是在眼下，敌意似乎是他的家乡。他爱他亲爱的父母，他爱他的老师和朋友，他们也爱他。连从军的时候，他都沐浴在爱里，可是现在，为什么他这么容易招惹上他一向陌生的敌意？

他似乎是坐飞机到了他的巴尔干。飞机很大，他去坐头等舱，可是他发现自己在某个机场里，没有人告诉他的飞机什么时候出发，也没有人能讲他会的任何一门语言。他所体验的，更像是旅客的忧伤，而不是失恋的痛苦。他艰难地找他的行李，荒谬地试图讨好海关警察，看到那些满是性欲的混混们玷污机场的小便池，都恨不得把他们打回大学去。所有这一切，都让他产生被遗弃的感觉，也让他越来越恐惧。

电梯门开了。不是她。是电梯操作工。他穿着街头的服装，戴着帽子。他直接走到西尔斯站着的地方，拥抱他。西尔斯把头靠在这个男子的肩上。陌生人在其拥抱中，似乎能理解西尔斯新发现的领地是一片孤独的领地，也是让西尔斯感到害怕的领地。他似乎对那座山城了如指掌，知道那里没有美女，没有咖啡，只有一个相貌平平的服务员，在用写满谎言的报纸给橡胶树除灰。电梯工接下来说的话，让西尔斯大吃一惊。“我第一个早晨就为你担心了。”他说。接下来他做的事，更是让西尔斯吃惊。在性欲方面，西尔斯试图保持伯克族谱[1]、纽约社交名人录或大都会俱乐部成立初期的那种正统。他知道，入选这些圈子的条

1　伯克族谱（Burke's Peerage），由约翰·伯克出版的在美国的英裔和其他欧洲裔贵族世家的族谱。

件也不是真有多严，但它们给人感觉很小众，很尊贵，很光彩，很荣耀，让他油然而生敬意。这个他连名字都没搞清楚的陌生人，把他带到楼下大堂的一个小房间，把他衣服脱了，然后自己也脱了。西尔斯的下一站，显然，是去看心理医生。

第六章

贝特西的生活乐趣之一，是去逛百莱特百货店。这是一家大型商场，位于一条四位数州际公路边上。她喜欢——甚至可以说酷爱——推着橡胶轮的购物车，穿行在杂货、蔬菜、肉类、鱼类、面包和蛋糕的天堂里，听着她和亨利相爱那年给他们伴舞的音乐。她付账后，还能拿到一个号码，这号码或许会让她抽中十万大奖，或是让她免费去夏威夷度假。贝特西对易货和营销的考古并无兴趣，但她在百莱特百货店看到的赏金纯洁而简单，让人想起了历史上的交易和节庆。

建设堡垒的人考虑到要其坚不可摧，所以古代堡垒的建筑寿命要长过市场，给人留下这样的印象：恐惧和好战是历史上社区的基石，而事实上，人们用鱼换篮子、用蔬菜换肉类、用黄金换新娘的那些十字路口，是我们开始互相了解、相互沟通的地方。贝特西之所以到了百莱特百货店这么兴奋，部分原因可能是她在参与人类文明最早的仪式之一。

那天下午她去了百莱特百货店，把孩子丢在家里，为的是买一瓶肥皂水。这肥皂水是芙罗迪拉牌的，她发现这种肥皂水比较经久耐用，不伤料子，价钱也便宜。百莱特百货店只有一个出入口。入口到肥皂货架的走廊距离很远，贝特西一路上又买了一袋打折的土豆，一瓶日式烧烤酱，一盒饼干，一打鸡蛋和一双菱形花纹的袜子。她可以让自己的商品数量保持在十件以下，以便能使用快速通道。兰迪是个聪明又听话的孩子，但意外情况总可能发生的。有天下午，他喝了香草精醉倒，还被发现在玩火柴。

找芙罗迪拉肥皂水的时候，如果播放的是过去伴舞的音乐，或是让她联想到跳舞之乐的音乐，贝特西早该注意到了。对贝特西这一代人来说，空气中经常性地充满音乐声。她到处都能听到音乐，有时候打着电话，还没有结束，她就听到了音乐声。这样的习惯，有时候让她听而不闻。她不会注意到，那天上午百莱特百货店的空气中，弥漫的是一些十八世纪最伟大的音乐。

这音乐是一位大股东的侄子选的。此人似乎认为，在一个乱哄哄的当代购物中心，播放十八世纪的音乐，是一种值得赏玩的讽刺。从精神上说，这个年轻人比较羸弱，可以说一无是处，他所享受的这种讽刺，一个月左右之后就被停止，也被人遗忘了。真正说起来，讽刺是不存在的。勃兰登堡的都城是一个集市村，在夏日，当大教堂门打开，贩夫走卒们听到的一定也是这些伟大的协奏曲。我们对于尊贵的理解里，这样的音乐所起的作用最大，远超过其他任何声音。在这样的乐声中，贝特西把她的推车推往快速通道。快速通道是第九号通道，她把车推过去。

玛丽亚·萨拉佐也在那里。从她记事起，她每次买东西都要仔细看价格，还收集折扣券试图省点钱，结果也没省下什么。现在，能拿上百元大钞去购物，这对她来说是一个全新的体验，让她尝到了自由和权力的滋味，让她飘飘然。也许正因这权力带来的兴奋感，她虽然装了一车子东西，却依然到了少量物品快速通道。她和贝特西同时赶向快速道。由于风铃一事，两人心存芥蒂，彼此都不讲话。两人几乎同时赶到，可是玛丽亚或许是因财大气粗的感觉太好，从右边超越，冲到贝特西前面。此时已是黄昏，一天中这个时候，人们是来买准备晚饭时欠缺的东西的，所以队伍相当长。最前面的是一名年轻男子，买了两个猫食罐头。接下来是一个黑人，买了一包薯片，一盒奶酪，一罐苹果汁，还有一本关于拉斯维加斯性生活的小说。在他之后是一个女人，袋子里装了十二个橙子，然后是玛丽亚，装了一车子够吃一个星期的东西。店员太累了，都懒得打发她，于是开始在收银台上一件件买单。

贝特西看到窗外下起了小雨。她很担忧留在家里的孩子。收银员的身上有个很大的胸牌，上面写着她的名字梅贝尔。“梅贝尔，”贝特西说，“能不能麻烦你跟这位女士解释下，快速通道是给九件以下商品的顾客用的。”

“如果她不识字，我可不想教她。”梅贝尔说。贝特西身后约十二个顾客也表示赞同。“总得有人说点话了。”一个黑人说。

“你给说说，女士，你给说说，”一个只买一份冷冻快餐的老者说，“我就受不了有人利用他人的善意。这就跟法西斯一样。我没说她违反了法律。只是我们大多数人都太善良，所以没去阻挡。不然在那牌子上写九件以下做什么？这样大家效率都提高一些。你就跟商店里的小偷一样，不过小偷偷的是东西，你偷的是时间，你偷了管理层的时间，你偷了所有人的时间。就是因为你们这些人，世界才会打仗的。”

“你给我闭嘴，”玛丽亚说，“管什么闲事！”

“碰巧这事是我们大家的事。是所有人的事。那上面的牌子上明明写着九件以下，要是能识字的话。”贝特西说。

“他们无所谓。”玛丽亚说。

“要是无所谓，挂这牌子干什么？”

“嗯，我知道一件事，”玛丽亚说，“他们挂这牌子，不是让你这种闯祸的人来管他人闲事的。”

“这是每个人的事情，”贝特西说，“这就像在公路上要靠右行驶。总得讲究一些基本规则，否则生活还怎么运转？我把两个孩子丢在家里，因为我指望通过快速通道来买单，而不需要等待一个买了一礼拜东西的人。”

“你告诉她，小姐，你告诉她，”队伍后面一个人也喊道，“我赞成你。”

“此通道是给买九件以下东西的顾客使用的，”贝特西说，“我要确保我们遵守这个规则。”她从柜台上拿起一打鸡蛋，放回玛丽亚的购物车里。玛丽亚抓住她的手，鸡蛋掉到地上摔碎了。

“别碰我的东西，”玛丽亚叫道，“别碰我的东西，不然我报警了。”她把手伸进贝特西的购物车，也拿出一打鸡蛋丢到地上。

贝特西的火噌地就上来了，抓住玛丽亚的购物车，拖过来，把里面的东西全倒在了地上。玛丽亚也气坏了，义愤填膺，仿佛置身于某个古代的爱国或宗教争斗之中。她冲向贝特西，伸手打过来。她们高喊着，尖叫着，吸引了大约上百号顾客过来围观。她们推着车，看着两个女人为了货物和不能破例而战斗。在一些围观者的帮助下，经理好不容易把两个女人分开。她们分道扬镳，进入昏暗的雨中。

第七章

写此书的时候，心理治疗的时尚正在迅速转变，旧时的治疗师，不少落到了在洗车行给人洗挡风玻璃的境地。在西方世界，人们相信，医生可以通过梦的解析和对童年的全面分析，认知一个人生命的奥秘。与此同时，“看心病的”这个说法也过时了，被“精神分析师”所取代。当然了，这一时尚的根基，是已遭废弃的告解传统，还有青少年成长期父母亲角色的转变。弗洛伊德的词汇已经家喻户晓。服务员在卡车司机餐厅不小心把你的啤酒弄洒了，她也会说：“哎呀。这是弗洛伊德式滑出[1]。”如果你问她这话什么意思，她会说：“你怎么啦？昨天出生的？弗洛伊德式就是滑的意思。懂了吧。”

在寻求心理帮助的西尔斯想到了alienist[2]这个

---

1 Freudian slip本指一些口误来自潜意识，直译为“弗洛伊德式滑出”，这里显然被普通人误用。

2 精神病学家的说法之一，alien也指外乡人或外星人。

词，因为他年轻的时候这词还在用，另外这词也描述了他拿着玫瑰站在门外敲门而没人回应的痛苦煎熬。这样的场景绝非陌生，可是这时候他有一种残酷的疏离感，就算是一个乌云密布的星期一早晨，身处喀尔巴阡山脉的某个山村，感觉也不过如此。他的医生给了他几个精神科医生的名单，他选择了帕尔默医生，因为他成年的时候，榆树成荫的小巷子中，有一户幸福的人家就姓帕尔默。帕尔默医生亲自接了电话，和西尔斯约好了见面时间。

医生的办公室有种在地下的感觉，和西尔斯去蕾妮的办公室的感觉一样。他和其他医生合用候诊室、厕所和旧杂志。他是一个高个子男人，要西尔斯来说，他的样子不大会受人欢迎。帕尔默医生头秃得厉害，给人的主要印象是肥硕。西尔斯觉得他莫名的寒酸，可能是这东城区地址的缘故吧，但西尔斯又觉得可能是自己有地域偏见。他错了。帕尔默医生之所以寒酸，是因为他极度缺钱。他很不成功，业内自相残杀，他饱受其苦。他常为付不起房租担心。西尔斯来寻找帮助，找帕尔默医生也是找错了人。帕尔默医生是个同性恋的老处男。

用“老处男”一词形容帕尔默医生，是因为他欲望张扬，而又在无情压抑，所以性问题上的感受更为浓烈。有时候想到不知名男子的裸身，或是其背部曲线，他会无意间勃起，又用无情的打压来解决。确实，他会打压这种无来由的勃起，仿佛它干犯了某种让他保持内在平衡的理念。他是一个为欲望所困的人，在旧时的传统社会，有这种毛病的多为未婚女子。她们的压抑，表现出来的是苦涩、嫉妒和孤独。

西尔斯跟医生讲述了他如何为蕾妮买黄玫瑰，如何和电梯操作工搞上，医生在他的椅子上扭动起来。“你似乎觉得这是我神经质，”西尔斯恭敬地说，“为同性恋倾向感到焦虑，不过回想起来，我又觉得迄今为止没有比这更合理的焦虑了。我从来没有真正为金钱、朋友、地位和健康焦虑，我和电梯操作工在一起，感到很愉快，可是要我承认自己是同性恋，打死我都不干。

“我的性倾向里，似乎有一些自我毁灭的因素，所以我来找你解释一下。我禀性里似有两个极端。我觉得我的性行为合乎道义，因为它反映了我对爱的理解。这好像最为重要。蕾妮在窗户上挂了一件有很多切面的小水晶。水晶沐浴在光亮中的时候，会在墙上折射出各样颜色。一个星期天下午，我认真地跟她说，我对她的爱，就和这道彩光一样重要，一样光辉，一样飘忽。她却说我对女人一无所知。她总是说这话。她有一次曾经把我的那话儿从她嘴里拿出来，只是为了匆匆跟我说一声，我对女人一无所知。”

医生的诊室在一幢老式楼房的四楼，窗户有开有关，透过这窗户，西尔斯听到有个男子兴冲冲地高声叫另外一个男子把球扔给他。这是球场传来的声音，可是他不仅深深怀念自己的青春岁月，也向往生命蕴含的朝气、简朴和美丽。他离这一切已经多遥远了啊！他的医疗费是给医生付租金，但这么做，他是真心想重拾这样的简朴与有益，可是来路的漫长也让人揪心。

“你在想什么呢？”帕尔默医生问。

“我听到了街上的声音，”西尔斯说，“这让我想起了夏天和快乐时光。”

“幼稚症显然是你最大的障碍之一。”医生说。

“我的意思是，”西尔斯说，“我联想起了还有二十码要跑的四攻。这时候只能弃踢[1]。可是弃踢的感觉多好啊，四攻时候的弃踢让人充满希望，有一种重

---

1 美式橄榄球赛中，攻击方有四次机会将球至少推进十码，如果到了四攻尚有二十码，没有多大可能推进足够距离，则有可能选择弃踢，把球踢到对方开球处，等于让新一个回合开始。

新开始的感觉，这让我都纳闷为什么橄榄球不能在其他国家流行起来。”

“你有没有打进过第一队？”帕尔默问。

“没有，没有，”西尔斯颇为悲伤地说，“我总是打第二队，有时候还当替补。”

“你开始发福了。”医生说。

西尔斯站起来说：“我这皮带，还是我打橄榄球时系的那条。”

“你有没有想过结婚？”医生问。

“我结过两次婚。”西尔斯说。

“都离了？”医生问。

“两任妻子都死了。”西尔斯说。

“嗯。”帕尔默医生说。

西尔斯是在波士顿音乐会的中场休息时，遇到了他的第一任妻子，亲爱的阿梅利亚。她的头发是浅棕色的。早年，在漫长的夏季，如果她有一定时间在海滩、船甲板或是网球场上晒过，这头发会变成可爱的黄色。变作这尊贵的黄色，或许是头发的魅力之一吧，也是一种恩赐，可惜到了二十来岁就不再变化了。他们是在十月份相遇，那时候她刚到二十岁，她的头发中夹杂着金色。这与她的眉毛形成鲜明对比。她的眉毛又浓又黑，她总是稍稍仰着头，仿佛眉毛是一种负担。她身材一流。那天下午她穿着黑色天鹅绒礼服，拿着一本《巴黎竞赛画报》[1]，杂志折到了有芝士酱鳕鱼菜谱的一页。西尔斯顿时觉得和她前世有缘，可是他从未有机会质疑这种缘分的感觉是否可靠。二十年后，她奄奄一息地躺在他的怀里，他伤痛欲绝，但又隐隐觉得，她回到了他们首次相遇的某个异度空间，他相信他们还会在此重逢。

他的第二任妻子是她追他居多。她刚刚离婚，前

---

1 法国著名新闻周刊。

一段婚姻很不快乐，也没有生孩子。当她提出跟西尔斯结婚时，他接受了。她自称对未来有远见，她要西尔斯放心，他们俩在一起会很快乐。婚后西尔斯发现，他的妻子埃斯特尔自诩精通玄学。她带着田径比赛般的竞技性，极力地捍卫自己的预测能力。类似体验西尔斯只在东欧遇到过一次，那里有一个名叫加利亚的著名女预言家。西尔斯是从美国商人口中听说她的。这些人专门跑到她住的山洞里，花大钱请她指点。

一天晚上，在东欧，一个偶遇的酒友跟西尔斯描述了加利亚的能力。她预言到了他在新墨西哥州的矿山事故。这次事故当中，有几百万加仑的放射性尾砂泄漏。同一年，她还预测到铀价价格下降。西尔斯得知，她孩提时因为闪电失明。她住在一座死火山里，那里离古代一个著名预言家的住处不远。信息部部长屡次安排西尔斯和加利亚会面，可是西尔斯对于神秘学发自内心地缺乏兴趣。有一回，辛劳一天之后，他回到旅馆，在大堂看到信息部长的一个助手，带信说加利亚想见他。他问有没有时间去换下衬衫，对方说没有时间了。他钻进社会主义国家内阁部长们享用的那种大轿车里。

在车里，他和翻译坐到一起。翻译是个中年女人，他们两人用法语对话。部长在车上放了一些冰块，还有一瓶威士忌。西尔斯此时累极了。汽车的收音机开着，声音很响，西尔斯还好没犯晕，要司机给关掉，否则对方会失望透顶。全世界汽车的收音机音乐大同小异。接下来他听到了霍奇·卡迈克尔的《星尘》，还有拉苏莫夫斯基的四重奏。在世界的这个角落，收音机里还定时播报多瑙河的水位。这个国家很少有车，仅有的一些车，能以一百英里的时速，穿行在农田之间。在这个壮丽而富裕的国家，人们还是用人力种田。他整个一下午，都没有看到一件农业机械。虽然已近黄昏，男男女女仍在一行一行地用锄头锄地。其中有几个人愉快地向他们的豪华轿车挥手。农田肥沃，灌溉充足，作物品种选择独具匠心，他看了很受触动。他赞赏他们在作物上的选择。播种品种多，乃是因地制宜，适应土壤变化。此时他们已经接近酸性熔岩地，而地平线上的老火山，也已进入眼帘了。

他尚不知道有什么问题可以向女先知提出来。他的业务蓬勃发展，对妻儿充满爱，投资上了保险，身体也极健康。他想不出有什么问题可问。他的一个美国朋友告诉他，女先知看上去让人发怵。访客预先准备的问题，到了现场被她一吓，就给忘得一干二净。他试着想象一些传统的妖怪，头上是蝰蛇组成的头发，嘴里喷火，可是他要不就是太累，要不就是太醉，要不就是看农田沉醉了，总之并没有为见加利亚感到焦虑。翻译跟他说起了加利亚的来历。这个故事几乎和电台音乐一样熟悉。她的家人失去了住宅和别墅，和在不同时期失去家园的其他家庭并无二致。

天黑前，他们到了火山脚下。“你不害怕吗？”翻译问。“哦，怕的，怕的。”西尔斯礼貌地说。他并不觉得他把这次会面当多大回事。女先知山洞入口处有一个小花园，西尔斯注意到，这里土壤太酸，除了香菜什么都不长。“能不能让我挽住你的胳膊？”翻译问道，“我害怕得几乎说不出话来了。”

洞里有个类似于房间的空间，里面亮着孤零零的一个灯泡。西尔斯纳闷电是从哪里过来的。女先知坐在一张普普通通的桌子前，桌子上铺着干净的油布。她是个中年女人，头发已经开始变白，她高昂着头颅，瞎眼紧闭着。她身穿干净的棉布裙子。西尔斯对她的感觉，是一种不容置疑的友善。这位预言了铀价下跌的奇人，让他内心温暖，让他脸上绽放出笑容来。

她要他拿件东西给她摸摸，他把钱包递了过去。她用手指抚摸着钱包，微笑起来。然后大笑起来。西尔斯也大笑起来。她把钱包递回给他，跟翻译说了些什么。“我不知道她是什么意思，”翻译说，“可是她说的是‘生命的伟大诗歌’[1]。”女先知站了起来，西尔斯也站了起来。两人都在笑。接着她伸出手，和他拥抱。他们继续笑着，相互道别。天早黑了，上了车，司机就把音乐开得很响。他们回到了首都。

和女先知的这次愉快的邂逅，并不能帮助西尔斯理解埃斯特尔。她把预言当作头等大事看待。她似乎把自己的各种预言当作了一种后天获得的成就，而不是天生的禀赋。她觉得我们能看到的世界——西尔斯所膜拜的世界——很肤浅，在她看来甚至是透明的，

---

1 原文为法语。

她可以透过这个世界，看到一个更真实的世界，在那个世界里，爱情和死亡显然都是先天注定。西尔斯觉得，她的预言多半是悲观的。她的预言常是争吵、贫穷、离婚、发疯、自杀。西尔斯想不起她做过任何关于精神得胜的预言。她把头发染成红色，穿着浅绿色的连衣裙。要是有人介绍你和她认识，你会觉得曾在鸡尾酒会上见过她。我的意思不是说五次、十次鸡尾酒会，而是成百上千次的鸡尾酒会。那时候鸡尾酒会这种社交活动还未在日历上消失，而像拖长的影子一样，是夜幕降临时的常见现象。她看上去和鸡尾酒会绝配，让人不禁想知道等这种社交仪式过时后她会怎样。

验证她的预言是否应验，也不符合西尔斯的个性。他们聚会结束回家，她就会坐在她的梳妆台前，说她已经得到启示，知道甲会离婚，乙会破财，丙会因为舞弊被捕，丁的太太会发疯。她把预言当成她一项出色的社交才能，可是这种预测才能的深刻讽刺意味，西尔斯是在他们家做东的时候才明白过来。埃斯特尔厨艺特烂—— 事实上让她下厨是很危险的事情，那天晚上她准备的烩饭尤为致命。她能喋喋不休地预言附近人家的不幸，西尔斯却在为眼前的未来操心。他知道，到了次日凌晨三四点，十二个客人中每个人都会吃烩饭中毒，都会被腹泻折磨得死去活来，都要在马桶上起码坐一个小时。可是埃斯特尔，眼睛半睁半闭，在忙着规划未来。眼前即将发生的暴虐，西尔斯都能预测到，他纳闷为什么她却忽略掉了。

她的结局基本上是这样的。她去费城看一个日场演出，乘火车回到他们住的郊区。她可以从轨道下方的地下道走到停车的地方，也可以从还没有地下道时候修的步行道上走过去。步行道是木制的，不太安全。那是一个冬天的黄昏。她走上步行道的时候，一个年轻的男子喊道："喂，小姐，那儿不安全。有火车过来了。”“你也不看看你跟谁在说话?”她大声说道。她总觉得谈话先得有个介绍，得有些起码的礼节。“我碰巧知道未来。”她径直走到特伦顿快车的路线之上。后来除了小片面纱和高跟鞋，连她的影子也没有找到。

“你的男友是一个神经质的臆想,”帕尔默医生说，“你是过于缅怀你年轻时的男同学或者亲戚，所以要找一个幽灵般的替代。”

“我不知道你说的幽灵是什么意思,”西尔斯说，“可能是男人到了我这个年纪，爱就难以捉摸了吧。如今我觉得爱转瞬即逝，老实说，你把爱德华多说成替代品，我不敢苟同。他似乎对不同形式的寂寞很理解，这对我很新鲜，我估计对其他男人也一样，因为这些寂寞多半涉及新的处所，比如机场。”

“当然，你害怕坐飞机。”这位精神科大夫说。

“我不害怕坐飞机,”西尔斯说，“但我害怕机场。”

“你是不是真的认为你把蕾妮看明白了？”

“哦，不，”西尔斯喊道，“但我从来没有真正关心过她刻意保持隐私的那部分生活。我的意思是，我总是在教堂地下室之类的地方接她，她在这些地方帮人戒烟、戒酒、戒贪食之类的。有时候，估计是三个一起戒。有时我们去饭店吃饭，她能把我点的饭菜大部分都给吃掉，可是她还不长胖。我估计她是想提高自己，我相信，别看街上人来人往，很多人脸上看不出，心里估计都是她这样的感觉。”

“你有朋友吗？”帕尔默医生问。

“我朋友多得很。”西尔斯说。

“这个啊，”医生说，“是神经病人的经典答复，用友善、受欢迎这种外壳来掩饰病态的孤独。如果你有这么多朋友，你介绍几个给我当病人好了。我们这一行的勾心斗角你难以想象。否则我也不会找你帮忙。明天我在同样时间再看你。”

第八章

西尔斯回到公寓后，电话响了。是蕾妮请他过去喝酒。他很高兴。上次吵架后，估计这次开门的时候，要不是什么都没穿，要不就是穿那身旧的蓝袍子。在这样的憧憬中他满面笑容，这时候他进了大厅，看到了爱德华多。爱德华多见到他的满面笑容，大笑起来。这两人的关系当中，醋意恐怕是给过滤掉了。他才一按门铃她就开了门。他失望地看到，她没有穿旧的蓝袍子。她穿着一条裙子，分明穿着鞋子，分明涂着香水，可是她和他亲吻的时候，那吻里有说不尽的温柔，且多有变化，让他放下心来，不再为她的衣服操心了。她给了他一杯酒，坐在他腿上，解开他的衬衫和裤子。她抚摸着他的身子，他这时候想起学校体操教练曾经教给他们的一个事实来：男人那长着退化乳头的扭曲躯干，是感受不到性刺激的。直到最近，他也从未怀疑过这种说法。这一切实在是梦寐以求啊，他想。黑暗从夜的翅膀上滑落，如花的女子在腿上坐着，人生至此，夫复何求？她吻他时，电话铃响了，她从他腿上下来去应答。“我过几分钟就下来，”她说，“门卫允许你并排停车。”

“这他妈的怎么回事？”西尔斯说。

“那人要送我去机场。”

她走到走廊上，听到她打开了衣柜。

“你打算去哪儿？”西尔斯追问，“你还没有告诉我你要出门，看你这样子也不像是要去坐飞机啊。”

“你注意到没有，我的行李箱放在走廊上。这种东西你总是会留心到的。”

“我留心到，你的走廊上哪天不是到处都是行李箱，”西尔斯喊道，“我已经被它们磕绊好几个月了。”

“好了，你愿不愿意帮我把行李箱搬到电梯上，”她问，“要不我叫爱德华多上来？”

她站在门口，戴上帽子，穿上大衣，还在戴手套。他感觉自己在接近那些不可理喻的灵魂之山，在山间他开始怀疑自己，怀疑世界。他走到走廊上，拿起她的包。“他妈的你到底要去哪里？”他问。

“我要回得梅因看我女儿，”她说，“我应该告诉过你，大概你忘记了。”此刻的爱德华多更像一个监护的亲戚而不是一个情人，在看着行李箱，看着西尔斯气得发白的脸，看着表情沉着准备出发的蕾妮。西尔斯所做的，只是在人行道上等着她，直到车来，车门打开，他接受她的吻别。“你对女人一无所知。”她说。他没有回头看大堂里的爱德华多，而去看电影了。蔑视世界是很可怜的事，他想，他只是注意到，他选的电影院里几乎没人，电影是关于狼人的，前面一排有个男子把晚餐带了进来，边看电影边吃。电影结束后，西尔斯回到蕾妮的那幢楼，在大堂找到了爱德华多。他很高兴看到他，感觉像是老友重逢。“我们得找点其他能一起做的事，”他说，“你喜不喜欢钓鱼？你想去钓鱼吗？”

“钓鱼我当然想了。”爱德华多说，“我马上有一些假期，但我得跟工会商量下，找个替补的人。”

“我知道州的北部有个池塘钓鲈鱼很好。”西尔斯说。“过去那儿还有个不错的旅馆。你有渔具没有？”

“我想我有两根用诱饵的鱼竿，”爱德华多说，“我得找找。也可能被我儿子拿走了。”

“你儿子做什么工作？”西尔斯问。

“小儿子在罗格斯大学读大四，”爱德华多说，“老大在阿斯彭的什么地方弹爵士钢琴。是在科罗拉多州。”

“好了，晚安，”西尔斯说，“我们回头再约吧。”

“晚安。”

十天后，西尔斯和爱德华多开着租来的车，向靠近加拿大荒野附近的一个北边池塘进发。西尔斯记得自己十年前来钓过鱼，不过他的记忆常出现错误，也可能是二十年，甚至更久之前吧。他们是在一个下雨的早晨向北进发，这也是西尔斯心目中那种万事皆备的境界。爱德华多开车，直到他们停下来吃午饭。饭后西尔斯说："我来开吧。"爱德华多把钥匙丢了过去，他在雨中刚刚出发，爱德华多就睡着了。西尔斯高兴坏了。

他沿着七百七十四号路向北开。和其他主干道一样，七百七十四号路过去十年也发生了重大变化。西尔斯还不算冷漠，路边的一切，他看到了，也留了心。他们穿过了一个小型农场区，这里的土地用石头墙或是小树丛隔开，成为一英亩或半英亩的小块。有几个可能是十九世纪甚至更早修建的教堂和农舍，个个都朴实无华，不过它们自有一番魅力，自有一番独特，从而显出贵族气息来。七百七十四号路现在成了横跨大陆的商业化高速公路中的一段。为小型牛奶农场的时过境迁感到怅惘，不免显得荒谬，可是在西尔斯眼里，这凋敝的村庄是一个让人忧伤的景象，仿佛一个真正具有探险精神的民族转错了弯，误入吉卜赛文化里了。这里的人对事对人都是三分钟热度，家里却摆设着庞然大物般的各种崇拜偶像。免下车的色情影院边上，有两家家具店，里面的那些家具没有三两个人都无法移动。他觉得这是一道风景，这是一个失去了收获体验的国民群体—— 而他自己也是其中之一。

开车的时候，他在反省自己是否让这样的景象改观，他为比斯利池塘做了什么。他请了一个叫奇泽姆的环保人士，并花钱让康奈尔大学的一个实验室检测水里的毒性。检测报告尚未完成，但是珍妮丝镇下周会举办一次听证会。奇泽姆提到，破坏池塘的是个有钱有势的庞大犯罪集团。他们收买一些小城官员，污染水源，靠高回报的垃圾填埋场获益。这话西尔斯没有完全信服。西尔斯感觉，奇泽姆这种人的主要价值在于他的某个遗传特征，而不是他的某项信念。这种人世界上到处都是。奇泽姆牙齿大，镜片厚，驼着背，走路像在跳一样，西尔斯觉得这些特征，让他看起来像个孤注一掷的改革者。他的婚姻，西尔斯猜测，不会多成功，他的孩子们在自我认知上也会困难重重。西尔斯的想法并不是太离谱。七百七十四号路似乎是比斯利池塘遭毁的一种延伸。

他们到了旅馆的时候天已经晚了。旅馆两侧各有一家油炸食品店，这让西尔斯失望，但是他并不感觉惊讶。自从他上次来之后，旅馆已经转手了好多人。他们在酒吧喝了很多酒，可是每次提到钓鱼，调酒师就把话题转开。厨房是封闭的，他们吃三明治当晚饭。在房间里，他们一起看电视，然后一同去睡觉。西尔斯后来醒了。他不知道具体时辰，总之是那种容易让人产生深刻见识的时刻。他走到窗前，卖油炸食品的店打烊了，可是窗户开着，油炸食品的气味弥漫在整个屋子里。

油炸食品的气味似乎填满了他的意识。那一瞬间，他把油炸食品当成了一种新的变态存在，就如同商业街上那些廉价商店和驶入式色情电影院一样。紧接着他又迅速修正了他的想法，因为他想到油炸食品是地球上第一个被闻到的东西。人类发现爱情、狩猎的重要性和太阳系的恒常性之后，紧接着的发现，就是油炸食品的气味。即便如今，在秋日收获季节的末尾，在最为偏远的喀尔巴阡山脉，牧人还会赶着牛羊从山上下来，听吉卜赛人拉着小提琴，打着无线鼓，闻着在木炭火上翻转着的香肠的香味。油炸食品是野蛮的，无视权威的，它的魔力可能就是毫无营养，惹人长痘和肥胖。它难以消化，味道很冲，要是不幸被判了死刑，前往行刑间闻到的最后气味，也来自这样的油炸食品。这种食品还能携带。你骑在马鞍上也好，坐摩天轮也好，或是在某个乡村集会的娱乐场或者巷道里也好，都能吃这些东西。

你还要能够用手指吃，或者用树叶、树皮甚至人皮卷着拿着吃，甚至还必得能够一边吃，一边划着去战斗的独木舟，或是边吃边在战场上冲锋。他们第一次活人祭祀时，吃着油炸食物。在斗兽场，他们把哲人放轮子上打死，把圣徒给狮子咬死[1]，还一边在油炸着茄子吃。他们吊死女巫，将伪信者五马分尸，或是用十字架钉死小偷的时候，也在吃油炸食物。公开处决是人类最早的庆祝活动，油炸食品正是这种节庆的食品。它也是恋人、赌徒、旅客、游牧者喜爱的食品。通过对油炸食品的庆祝和颂扬，全世界所有高速公路保存了我们对于流动式渔猎时代的记忆，那时候的我们，前无历史，后缺远见。这是精神流浪者的食品。

1　指早期殉道的基督教。传说圣凯瑟琳（Saint Catherine）因为信仰被判礫轮处死，后轮子破裂，被斩首。安提约基依纳爵（Saint Ignatius Of Antioch）被判在斗兽场上给狮子咬死。

西尔斯回到床上的时候，爱德华多正鼾声如雷。西尔斯听人说这样的情人通常都是小偷、骗子、罪犯，有时甚至是凶手，但是他觉得谁也没有此人诚实。他突然发起淫心来，也因此意识到，他的本性深处，恐怕永远不会前后如一。他对爱德华多的感情，似乎更多是属于怀旧，而不是传统爱情的延伸，但无论怎样，这种爱情依然浓烈。他知道如果要真心寻求纯洁，他是无法在自己身上找到的。

早上，他们醒来时很愉快。爱德华多用洗发水洗了头，西尔斯注意到，广告里播过这种洗发水，说它会让秀发光彩照人。它让西尔斯想到了快乐而强壮的青春年华，也让他想起了两人间的巨大年龄差异，但他没有为此感到悲戚。西尔斯过去也曾把头低到一盆水里，梳着自己的头发，希望看上去有魅力些，可这是多久之前的事了啊。

早餐后，他们租了只汽船。任何能钓鱼的水面，他都深感默契。他正这么愉快地享受着，手里在系一个铅坠，这时候租船给他的那人过来说："趁二位还没有出发，我得预先告诉你们，这里已经十年都没有见到过鱼了。上次水检的时候，估计是三年前吧，它的酸性比商用的醋还大。"

"附近有没有别的池塘？"西尔斯问道。

"有的，大约有一百个池塘吧，"陌生人说，"也许有两百个，不过一样酸性过高。当然，二位要去尝试我也不阻挡。也可能鱼会重新回来。"

他们不管三七二十一还是出去了，在这劣质水上钓了约一个小时。西尔斯注意到，爱德华多抛鱼线的姿势专业而优雅。他们把船开回来的时候，西尔斯问他的朋友，接下来的十天假期他打算怎么过。"我会带老婆去基韦斯特，"他说，"工会有那种旅行套餐，不必提前预订。我前年带她去过，她很喜欢。"他们又沿着商业街开着车子。天上开始下雨。有这位比自己年少的伙伴陪同着，西尔斯对七百七十四号路的野蛮和游牧性质有了更深的理解。他们在西尔斯的公寓分手。“蕾妮从得梅因回来的时候我会跟你再见的，”西尔斯说，“晒黑点。”

第九章

超市闹剧之后，亨利觉得贝特西需要换换环境。他请了一天假，他们决定去切姆斯福德海滩。他们不喜欢太挤，而这时候去，就不会像周末那么挤。贝特西做了一顿野餐，给自己准备了柠檬水，给亨利准备了啤酒，他们上午十点钟出发，带上了兰迪，还有婴儿篮里装着的小宾西。这是个夏日，天气不错。他们不到两小时就到了目的地，两人都喜欢避开周末到海滩来，有一半的停车场关闭了，想找点隐私的地方，走到海滩上便是。他们记得，在周末的时候，想着找点隐私空间，就好比大海捞针。他们找到了个不错的地方，撑起了遮阳伞，挡住拿着奶瓶的小宾西。她和亨利在水里畅游了一会儿，然后她上了岸，躺在沙滩上，亨利则在教兰迪游泳。亨利不停地喊着："就是这样，就是这样，一点不错！"他似乎非常高兴，非常激动。在沙滩往前一点，是一群老者。这些老者实在太老迈，要是去游泳，准会沉下去。他们坐在沙滩上，穿着所有的衣服，包括背心和帽子，其中一名妇女不停地说："这样美好的一天，我们积了什么德呀!"贝特西不知道她在说什么。

然后兰迪跑过来，说他已经学会了游泳，所以她就下到水边，看着他展示他的泳姿。她很高兴看到他和他父亲都非常高兴，她没有提到，由于海水是咸的，浮力大，在海里游泳要比在游泳池里容易，她大部分时间是在游泳池里游的。然后，他们吃他们的三明治，亨利喝着啤酒，他还吻了贝特西，随即春心荡漾起来，可是没有地方，他们也知道，他们做爱的时候，哪怕是想着做爱的时候，小兰迪都会感觉孤单，看他在沙滩上这么开心，他们不想扫他的兴，所以亨利不再和她亲吻的时候，她完全理解。她考虑得周全，还带了棒球过来，兰迪和亨利很高兴地来回抛球，她也乐得躺在沙滩上，听着潮声，闻着海水的咸味。

她娘家的人不是渔民，也不是水手，就她所知，到目前为止她和大海毫无关系，但是海水、蓝天、沙滩让她觉得再自然不过，就仿佛是自己的家。当然了，在冬季的风暴里或是在暴风骤雨之中住在海边会是什么感觉，她一无所知。她这辈子只见过一次大海，是有一年夏天的时候。她一次又一次地去游泳。接着，老人们离开了，影子拖到海面上。他们收拾起自己的东西。他们是最后离开沙滩的，宾西小宝宝正在睡觉。她收拾起毛巾、三明治包装和宾西的尿布，这时候她想起了在电视上看到的一名宇航员进入太空的情形。在倒计时之后，镜头里显示出沙滩上所有人都在收拾自己的三明治篮子、毛巾、折叠桌椅，回到停车场，她还记得，看到这样的场景，她深受感动，一种想象人类月球漫步时都不会有的感动。沙滩上的人几乎全提前走了。她感觉他们的离开，像是因为收到了某种要其撤离的紧急警报。他们把沙滩当成了自己的家，离开这里，就好比成了战争中的难民，或是像如今那种住在有毒垃圾场附近必须撤离家园，得漂泊多年甚至一辈子，寻找新家园的人。

“亲爱的，今天在沙滩上好开心啊，”到停车场时她对亨利说还吻了他，“我总喜欢到沙滩来的，今天这样就很不错。”他吻了她，说：“我也觉得今天很开心，不过如果你不介意的话，能不能你来开车，一直开到二百二十四号路。我晒坏了，眼睛很累，我想在上二百二十四号路遇到繁忙交通前休息一会儿。”“我明白你的意思，”她说，“反正我也喜欢开车。”于是他坐到车后座，和兰迪一起，他们把婴儿篮里的宾西放在前面的座位上。

“这太阳把我晒垮了。”亨利说。然后她再也没听到他说话。接着，小兰迪也睡着了，小宾西也睡了，她发现自己在车里独当一面，如同一个船长，有一种独处的愉快。她知道亨利说他感觉垮掉了是什么意思，不过她还有能力继续把车开到二百二十四号路，带着大大小小三个睡着的可爱男子。二百二十四号路是一条六车道和一条八车道高速公路的会合，复杂到让她留恋白天在沙滩上的时光。那时候除了蓝天，除了海水，什么也不要去牵挂，一切都是那么简单。所有的合流公路和嗖嗖而过的车子，不由让她去想——傻傻地想，她知道——现代生活和对高速公路的依赖，是不是让世人失去了一些世界内在的美丽。她也知道，要不是因为这样陌生的高速公路，他们也无法到达切姆斯福德海滩。她累了，很累。快到十字路口的时候，虽然她也不想叫醒亨利，但是知道接着开的话会不安全的。离十字路口还有一两英里的时候，看到有处路肩宽阔而安全，她把车停过去，说："醒醒各位。船长要睡了。"

小兰迪根本没有醒。亨利把方向盘接过来，贝特西就睡了，一直睡到他们回到珍妮丝的时候。"不记得过去哪一回被太阳晒得这么困，”亨利说，“也许和冬至有关吧。我想上床睡觉了。”

“我也是，”贝特西说，“你把宾西提屋里了？”

“小宾西我碰都没碰。”亨利说。然后，他叫起来：“天啦，我们一定把他丢在靠近二百二十四号路的路肩上了。我们换位置的时候，把他从车里拿下来了，我一定是给丢那里了。”

她扑到他怀里，什么话也没说。他们彼此的爱从来没有像现在这样一清二楚。失去宝宝的残酷，似乎只有靠相互的拥抱，才能承受下去。“你叫警察，”亨利说，“我回二百二十四号路去。我得重新回四百二十七号路，然后才能北行。”

“我不知道该怎么跟警察讲。”贝特西说。

“告诉他们我们把宝宝丢在三百三十六号路北行的路肩上了，靠近二百二十四号路路口。”

“怎么了？”小兰迪醒了，问道，“你们怎么看起来怪怪的？”

“我们把小宾西丢了。”亨利说。

“他死了？”小兰迪问。他的声音里有一些关切和期盼。

“当然没有，”他的妈妈用轻柔的语气说，“你要不回屋里吧，看电视上有什么好看的。”然后，她吻了亨利，打开门，和小兰迪进屋去了。她打电话给警察，说：“我想报个案，我宝宝在三百三十六号路快靠近二百二十四号路的路肩上丢了。宝宝装在蓝色婴儿篮里。”

“是绑架？”巡警问。

“哦，不，不，不，”她说，“只是一时糊涂，一时糊涂。”

“恐怕这不在我们的管辖范围内，”巡警称，“你得打电话给交通局。”她开始哭了，对方给了她交通局的号码。

同一天下午，环保人士贺拉斯·奇泽姆，驱车沿着三百三十六号路向东南进发。直到一年前，奇泽姆一直在高中教生物化学，但他感觉周遭环境正在遭到破坏，他必须刻不容缓地站出来，采取行动，以免让这个星球上的生命受到威胁，至少，他得告诫那些潜在的受害者。他去参加过一次城市规划委员会会议，会议上提出了一个分区变化方案，将那半平方英里铺平建一个购物中心。这意味着污染和腐化给养两条溪流的湿地，而这两条溪流又会汇入当地主要的饮用水源。所有的破坏，社区需要十年，甚至十五年才能明显感觉到，这也是投票中的一个决定性因素。大家感觉，等这些饮用水开始致命的时候，大家都会搬到别的地方去住了。

这种思维倾向让奇泽姆深受困扰。我们这个社会责任感越来越差，漂泊不定，依赖快节奏，极具寄生性，这一切都让他深受困扰。这一切，他在三百三十六号路上能看得一清二楚。其实一个封闭的社会也有类似的局限性，只是他从来没有注意到过。他是一个诚实、负责的人，可是他老婆觉得他没有前途，自己跑路了。其实她已经逼得他离开了她，她和他们的两个女儿住在皇后区的大房子里，而他独自一人住在城内一间小公寓里。是他被赶出去的，可是精神上主动出走的是她。

三百三十六号路开起来本来就乏善可陈，对一个刚刚在湿地问题上吃了败仗的环保人士来说，问题更为糟糕。购物中心的投票，一来有减税的许诺，二来也没人负责，所以早已大局已定。任何唯利是图的表现，看上去都让人郁闷。奇泽姆觉得挺失落。回到公寓，也空无一人。没女人，没男人，没有猫狗，连电话录音留言也没有，他住的小区颇为落魄，人员变动频繁，没有侍者、店员、调酒师跟他打招呼。他打开收音机，能收到的几乎全是迪斯科音乐，而且这音乐所来自的歌厅，还因为贩毒或是没交收入所得税的缘故，不知哪个猴年马月就被关掉了。他似乎在寻找记忆中的某个地方，某种证据，证明他曾经和周遭世界，和自己的同类，有过崇高而新颖的交往。他对这地方，有种被迫背井离乡者才有的乡愁。

他超了一辆蓝轿车，接着被一辆红轿车超过。接着，他超了两辆淡灰色的轿车和一辆褐色面包车。他肚子里有些胀气，下面有些勃起。他太孤独了，前面的车打信号灯要下高速的时候，他满心温柔，仿佛在拥挤的机场这样的地方，有陌生人拍了拍他的肩膀，他都想打出泊车灯，或是回以信号灯，就好比萍水相逢的陌生人，有时候会有所接触，哪怕日后再也不会相逢。在这种游牧文化的孤独幻想里，他想象出一个不同的世界，在那里男男女女主要通过信号灯交流，他向陌生人求婚，因为她在天黑前一小时打开了停车灯，尽显温柔和浪漫。

他又超了一辆蓝轿车，接着被两辆黑色轿车、一辆褐色面包车和一辆敞篷车超了。他的肉体和车子还没有变动，可是他的灵魂现实，似乎以一种从未有过的方式消失了。他甚至都无力去后悔过去，后悔过去的冒险了。前面一辆轿车里有一对恋人，女孩把舌头伸向司机的耳朵，这都无法引起他的嫉妒了。他似乎要归为零。这样的痛苦，不像一般的疼痛，也不含传统的血腥，却又让他撕心裂肺。

接着，他似乎迷路了。他迷失了。他失去了他的王冠，他的国，他的继承人和军队，他的宫廷，他的后宫，他的王后和他的舰队。当然，所有这些他都从来没有拥有过。他不是一个矫情的人，可是为什么感觉自己未曾拥有的一切，被活生生给夺走了？他感觉他整个人被人从某个礼拜堂里给扔了出来，虽然他都未曾认真祷告过一次。

接着，他看到路肩边上有黑莓。他可以停下来，吃一些黑莓。这一点起码还是真实可信的。他的母亲出去兜风的时候，很喜欢采莓子。她从来没有忘记她年轻时候走过的那些僻静巷道，她也无法理解为什么丈夫不能在高速公路边上多停一会，让她采摘莓子或是紫罗兰。奇泽姆在找黑莓，在宽阔的能让他安心停车的地方找黑莓。这时，他看见了一个蓝色的婴儿篮。他不知道那是什么，不过它很亮，很蓝，似乎是在宣示它值得他来关注。可能是包装纸吧，也可能是围巾，也可能是热恋中的人扔出来的衣服。后面没有车，所以他停到路肩上来看是什么。他看到的是一个干干净净的、开开心心的宝宝，宝宝还在手舞足蹈，他叫道："你一定是摩西，你一定是犹太人的王。"

他首先想到的是遗弃，不过这么干净、快乐的宝宝被遗弃他觉得不可思议。或许有张条子吧，他想，解释这被遗弃的孩子是怎么回事，他在篮子下面摸索了一番，但是除了一只空了一半的瓶子，什么也没有找到。孩子身上的衣服也干干净净的，这说明如果孩子被遗弃，这是很悲剧性的遗弃，是一种残酷的活生生的分离，一种剥夺。他在想象一个年轻的哭泣的母亲。明智的做法是从下一个出口下，找个警察局。不过想到警察可能冷漠地把孩子踢给孤儿院，一种舐犊之爱油然而生，只是在他的小公寓里带个孩子怕是不大可能。

他把婴儿篮放在前座上，等到有空当之后，汇入了车流中。他觉得自己很了不起。他觉得这么多车子中，恐怕没有几辆能捎带上这么一个开心的宝宝。接下来的出口有加油、餐馆的标记，奇泽姆下了这出口。他的第一站是一家修车行，在那儿问到了警察局在什么地方。警察局在二十年代建的市政大楼里，门上方有个蒙了眼睛的正义女神。奇泽姆两手抓着婴儿篮，很难打开门。没有人来帮助他。前庭有个箭头，指向一张桌子。他估计，来这桌子前的人多半是带着问题来的，估计不会带来一个笑眯眯的宝宝。

“我在三百三十六号路上找到了这个宝宝，”他说，“在上二百二十四号路之前一点的地方找到的。”

“你该不是跟我瞎扯淡吧？”办公桌后的巡警说，“我服役三十七年了，还从来没有人跟我说在三百三十六号路上捡到过孩子。”

“嗨，查理，”有人从后面叫，“我们接到一个电话，有人问有没有人捡到孩子。有个叫什么珍妮丝的地方有个娘们打电话说她把孩子丢三百三十六号路上了。我们有回电号码。她快歇斯底里了。”

奇泽姆非常开心。宝宝还在哼哼哈哈，警察局的大部分人员都围过来看。把婴儿还给母亲，所有人都开心，大家决定让奇泽姆自己打电话过去。“是洛根夫人吗？”听到贝特西的声音后他问，“我叫贺拉斯·奇泽姆，你不认识我，但我在三百三十六号路上找到了你的宝宝。宝宝很好，很开心，我们在靠近三十七号出口的警察局等你。”贝特西这回开心得歇斯底里了，好不容易回过神来，解释说亨利在路上，在往南开，她把亨利的车牌号码也报了过去。他们同意，一旦发现了亨利在哪里立即给她打电话。寻找亨利的无线电信息发出去才十多分钟，亨利就找到了。然后，他们打了电话给贝特西，大家等亨利过来。巡警们对宝宝都爱不释手了。“你要想走，可以走了，”他们对奇泽姆说，“你待着也没有用。宝宝我们会还给他父亲。”“我得亲眼看着，不要让宝宝还错。”奇泽姆说。看宝宝和父亲团聚，对他来说是这一天下午重要的部分。

亨利匆匆冲进来，看到宝宝在蓝色婴儿篮里，他哭了起来。他把小宾西抓到怀里，小宾西也第一次哭了起来。“我要感谢你们，”亨利说，“我太太和我都要谢谢你。我们住在珍妮丝，不知道你明天能不能跟我们吃个晚饭。我太太做的黄油酱汁面可好吃了。这是一种绿色的面条，是放了菠菜一起做的。我们住在珍妮丝，在马桩路。离城里有一个小时的车程。”

“我很乐意去吃饭。”奇泽姆说。

“我们通常在六点左右吃饭，”亨利说，“我们喜欢早点吃。”

第二天下午，奇泽姆在公寓里洗了澡，换了衣，想到自己找到了一个宝宝并完璧归赵，他感到欣慰，想到将跟孩子的父母一起吃绿色的面条，他感到开心。那天下午，他感到那么痛苦、那么迷失，一心追求的，不过是一种延续感。现在他感到高兴，当然他不能老寄希望于这种偶发性事件。这样的晚上有一回是一回。别的他也没什么能做的。他这是第二次去珍妮丝。马桩路离比斯利池塘不远。他按响了门铃，亨利接他进来。“这是我太太贝特西，”他说，“我知道你已经跟她电话里说过话了。”贝特西看着他，羞涩地说：“我不知道我是否应该这样做，但我觉得有这个必要。”然后，她抱住他，亲吻他的嘴。“这里好不好找？”亨利问。“珍妮丝我来过，”奇泽姆说，“我做的最难做的工作之一是比斯利池塘。我们正努力清理那里的污染。”

“我们隔壁的萨拉佐先生负责垃圾倾倒业务。”贝特西说。

“我们的快乐时光[1]可能得提前结束，”亨利说，“因为贝特西不喜欢面条煮太久。她母亲是意大利人，她说在意大利，烹饪意面是一门很家常的艺术。”他们已经喝了一些酒，贝特西在厨房忙活的时候，亨利还递过来一盒饼干，饼干盒子标签上说这饼干有助于谈话。当然这是没有必要的，因为找到儿子的快乐，让他们发自内心、不由自主地喜欢奇泽姆。面条很不错，餐桌上的两支蜡烛光线很暗，大家看不清彼此，

---

1 指饭前的饮酒。

但这不影响大家享受晚上时光。晚饭后，他们舒舒服服坐下来，看着电视上他们喜欢的节目。十一点的时候，聚会结束，奇泽姆跟他们道别，贝特西又羞涩地吻了他一次。大家一致同意，下次他若是来比斯利池塘，一定要给夫妇二人打电话。“我们真不知道该怎么感谢你救了宾西的命。”贝特西说。“尽量抢救比斯利池塘就可以了。”奇泽姆说。

第十章

被西尔斯的对手们操纵的听证会在珍妮丝镇政厅举办。镇政厅大楼是一座砖砌建筑，建于上个世纪。听奇泽姆描述，对方组织势力强，手腕辣，与之相比，镇政厅倒显得寒碜。大厅里有海报吸引路过的人报名学习空手道、芭蕾舞，或是参加阅读补习班。这些海报激发出了西尔斯这代人常有的、作为纳税人的忧愁。楼里有电梯，但是上面挂着“有待维修”字样，于是他爬楼梯去听证厅。楼梯很陡，爬得他气喘吁吁，这时候他敏锐地意识到，楼里弥漫着消毒液的气味。这气味无所不在，非常浓烈，他不由想起了孤独、古板的东欧，在那里，即便是在奢华的酒店大厅里——甚至在克里姆林宫——都有消毒液的气味。上到楼上过道，他再次想起了东欧。每个人好像都在抽烟，楼道里充满了烟味，整个楼道好像是昔日重来。他好久没有看到这么多人抽烟了！他接着进入听证厅。里面已经聚集了大约五十个人。在西尔斯看来，其中有一些人好像是下雨时没有别的地方欢迎他们，不得不到这里躲雨的。奇泽姆在听证厅后面，和一个年轻女子交谈，西尔斯跟他挥了挥手，然后在前面找了一排坐下。

听证厅房间有点像非正式的法庭，有一张高桌子，后面坐着当局官员。他们还没有坐下，但各人座位上都放着名牌。假如真像奇泽姆所说的那样，对方组织树大根深，从这些人的名字上倒看不出端倪来。这些都是很土的名字。西尔斯想，这伙人在少年棒球联赛里打三垒更合适一些。这些姓名似乎都来自远古的农业时代，他们的姓好像都是根据周围一些小路、湖泊、沼泽或是山峰来取的。奇泽姆称，镇长不过是对方组织的傀儡，名叫昌西·厄普约翰，其副手叫科普利·汤森和哈里森·波特。听证厅的墙壁上挂着两个大胡子老者的照片。接着是1832年特大火灾后整个珍妮丝的大照片。那次大火把整个地方夷为平地，只剩一些烟囱还竖在那里。墙上还挂有镇印玺的雕塑版。印玺上是到了河岸定居的诺克辛克族印第安人的肖像。那勇士长着鹰钩鼻，戴着野鸟羽毛的头饰，手里拿着战斧。联想到他那个民族血腥的历史，那战斧没准都砍翻过某个耶稣会的传教士。会议宣布开始前的几分钟，奇泽姆同西尔斯一起。这两人下午一直都在比斯利池塘周围的湿地勘察。

两人穿着高筒防水胶靴在湿地转。在沼泽地艰难行进的时候，奇泽姆列举了化验室许诺要在水里找到的一系列有毒物质。在池塘的水里，西尔斯看到了一堆堆突起物，如同在发酵的粪便。水比较清澈的地方，能看到明显的污迹，如同巫术所用的材料。“污染带来了鼠尾蛆，”奇泽姆说，“两年前你不会在这种池塘里发现静泽蛭。另外一个新增的物种是污泥蠕虫，水丝蚓。扁舌蛭也是新来的。”唯一让他开心的是香蒲（*Typha latifolia*），还有 *Phragmites communis*, 亦即芦苇。

湿地的水流向一条小溪，在西尔斯看来，这溪流像是钓鳟鱼的传统去处。小溪从石头——冰川期卵石——上流过，形成了深潭。溪流时宽时窄，变化多端。它只是随着重力的牵引，从林子里穿过，奔向某个属于它自己的目标。溪水貌似永远清澈，水声淙淙，两岸绿油油的，西尔斯不由联想起他看到过的天堂的图画来。神圣的小树林不在他的联想之中，但那白净的流水，错落有致的水声，宁静的水潭，都与他最为久远的记忆相呼应。多少次，他曾在无数个洞穴一般、通风不良的新教圣公会教堂里双膝下跪，颂赞着万物的开始。他听说《启示录》里描述天堂里有如水晶的玻璃海，有长满了眼睛的活物，但他觉得天堂应该只是泉水的源头[1]。

---

1 《圣经 · 新约 · 启示录》第四章第六节：“宝座前好像一个玻璃海，如同水晶。宝座中，和宝座周围有四个活物，前后遍体都满了眼睛。”

奇泽姆还在没完没了地背诵着有毒物的名单。多氯联苯、二噁英、氯仿、胞毒、氯胺、氯乙胺、甲状腺素。从湿地走到那迷人的小溪时，他又在描述这些化学物质对人体的影响。佝偻病。失明。脑肿瘤。阳痿。不育。不过这些都还算不了什么，米切维尔那边有个女子流产下来一个长得像狗不像人的孩子。

有时候小溪的流水声盖过了奇泽姆的声音。森林里有这么一条鳟鱼溪，有这么一段可饮用的水源，西尔斯觉得简直就是跨越灵与肉深渊的桥梁。与之相比，他对自己受污染感到的恐慌，是何等微不足道。年少之时，溪流似乎用人和天使的语言和他说话。现在，他老了，他能不怎么流利地说五六种语言，流水的声音仿佛是他诞生的语言，是他出生之前所说的某种语言。有时轻柔，有时响亮，有时高亢，有时低沉，听水流的声音，仿佛在开晚会的隔壁房间，偷听众人的谈话。

他想起了其他一些他偷听到的声音。有一次，他服役参加的战争快要结束，他在一个陌生城市的全装修房里短暂停留一两天，等候重新调遣，也可能是交通安排。他无法睡觉，于是走到窗口，听陌生的城市的声音，可是却听到了邻近窗口一个女人的说话声。那声音很清晰，有痛苦带来的虚弱，但是很有魅力。“我都觉得不大正常了，查理，”那女子说，“我都觉得不大正常了。”他想起的第二个声音则非常不同。他曾在罗马一座宫殿做客，在一间带露台的房间里洗澡。他走上露台看风景，拿着毛巾擦身体。外面是真正的罗马风景。暮色中，燕子成群在天空飞过，如云蔽日。目之所及，千姿百态的野草和鲜花，在民居或教堂屋顶的每一个缝隙、每一个洞口蓬勃生长。接着，一个男人的喊叫声隔着一个屋顶飘过来。“我不会把我那话儿插你嘴巴里捣鼓的。”说着，他砰的一声把门摔上。接着西尔斯听到一个女人的笑声，不过他一直没弄明白她这是欢笑还是苦笑。那天下午，他觉得自己像是在偷听，偷听小溪的声音。

“那位是镇长，穿灰西装的那个，”奇泽姆说，“他是这帮人中最糟的一个，不过他说什么，其余的人做什么。我们敌手不差钱。他们每天从比斯利池塘就能赚到一万二到一万四，一直到我们争取到了暂停令，可是这暂停令今天午夜就失效。”西尔斯打量着镇长。他根据是否有光亮来判断人脸。要是一个人脸上现时无光，以后也不大可能有光，他就会沮丧地想到此人对其他人不会有多少人情味。当然，他没有权利论断陌生人的脸，这样做也不符合他的个性，可是每次在世界任何一个城市的街道上行走的时候，他都试图捕捉陌生人脸上的光亮。会议宣布开始的时候，西尔斯试图在镇长及其同事的脸上寻找光亮。桌子左边有一面未展开的美国国旗，不过会议开始不是对国旗宣誓，而是大家一起唱《星条旗永不落》。磁带里有个歌剧女高音给他们领唱。西尔斯未曾见过这种场景，不过他过去也没有参加过这样的会议。

镇长的西装看起来昂贵，但显然大了一号，突兀得很，西尔斯想不注意都难。这是朋友给的吗？不像，西尔斯确信他这人不会有朋友。西尔斯还注意到，镇长这种说谎的人，说真话的时候很直接，可是说起假话的时候，是看着左手手指甲在说的。这种现象西尔斯从银行家身上常会注意到。“比斯利池塘和附近土地，”镇长说，“一年半以前被人收购，城市规划委员会宣布它转为用于垃圾倾倒，也经过了蓝带委员会关于有害废料的批准。它是由退伍军人委员会买下来的，”他看着指甲在说，“唯一的目的，是给无名阵亡者建纪念碑。我们的选址非常慎重。危险品倾倒设施的所有标准，我们都严格执行。人口密度是可取的。水域面积是适宜的。土壤也是紧实的，下面有良好的基石。”然后，他歪歪地举起左手，对着指甲说：“我们做过详尽的实验室测试，证明毒性不构成威胁。”

“能否让我发言，”奇泽姆站起来说，“我对本次会议和你刚才的发言并无异议，可是我建议先休会，等实验室报告出来再说？”

“那也得让我先说完。”镇长说。“这次会议的召开，”他说，“纯粹是出于客套，是要安抚某些心怀共产信念的环保分子，而这些环保分子还拿着某个老人的黑钱。比斯利池塘就像美国主流思想。它符合人的本性。干涉我们对比斯利池塘的改进工作，就是跟人类和这个星球能量的有效融合过不去。这种融合是自发的，想施加政府干预，只会让这种能量衰退，会让它受制于纳税人负担的花费昂贵的官僚机制。我们对比斯利池塘的改进是自由企业精神的典范，这种精神正是我们经济的特色，也是这个伟大国家的特性所在！”

“珍妮丝的疏散计划我们都知道了。”一个人没有被允许发言，但是站了起来，拿着一张纸念。他是一个高大的男子，头发灰白，而且西尔斯觉得他脸上似乎时时出现光亮。

“我说了，此次会议的召开纯属客套，”镇长说，“和疏散计划无关。”

“疏散计划的紧迫性，”那个陌生人说，“到了需要日常考虑的时候。但是我这里只说一点不合理的地方。作为纳税人，我们要出钱负担这种疏散计划，我们作为纳税人在这里开会，有权讨论这些事情。”

“这和比斯利池塘无关。”

“水中可能存在可爆性的污染物，这种可能性连你的危险垃圾委员会都承认，这会使得珍妮丝成为B级危险区，怎么会和比斯利池塘无关？但我说过了，我只关注计划中的一个项目。商会、妇女选民团、珍妮丝公民联盟，都表示反对放弃囚犯和残疾人，也不满规划中对珍妮丝地形表现出的无知，比如珍妮丝死胡同很多，部分建筑物易燃，还有一些峭壁。所有这一切都记录在案。我在这里抗议的是规划F部分第十八条。这一条规定，除了规定时间在规定疏散点之外，严禁任何集会活动。这一条的依据是，如果空气中有致癌物，人员分散则会减少伤害。你对这一条熟悉吗？”

“当然，”镇长说，他似乎在狡辩，“当然。”

“疏散计划承认，即便在最乐观的情况下，出事的时候不会有超过20%的人口获救。在我看来，既然我们中间有这么多人非死不可，那么应该有权去某个敬拜场所，为来世的生命祈祷吧。”

“你是谁？”镇长问。

“我是三百二十八号路一神论教会的牧师。我也代表附近社区其他一些神职人员。”

“你知不知道，”镇长咄咄逼人地问，“在这个伟大的国家，人们花在早餐上的钱是花在教会奉献上的十四倍。大约六年前，你们某个神职人员宣布支持无咖啡因的咖啡，结果你们教会的销路就完蛋了，过了八个月你们的机构就破产了。我还可以举出很多例子，证明我们国民收入用于奉献的比例很低，比如我可以用色情用品来做对比，不过我只给你强调这一点吧，人们花在早餐上的钱是花在教会奉献上的十四倍。”

那位牧师坐了下来。他似乎在哭泣。奇泽姆再次要求发言。

“我还没有说完，”镇长说，“我已经讲过了，召开此次会议纯属客套，可是我遇到的全是来捣蛋的。你，奇泽姆先生，我碰巧知道，从来没有给这个伟大的国家服役过，你当然不能理解，为什么要给爱国的无名战士立碑了。我知道了，你想证明我们在比斯利池塘填埋的垃圾包括各种渗滤液、各种污染物。我的父亲是一个诚实的美国渔民。他是一名军人。他是个爱国者。他去教会做礼拜。他是一个完美的丈夫，妻子满足、有爱而且性情开朗。他还是一个称职的父亲，七个孩子个个都健康而成功。如果我跟他谈到渗滤液及污染物，他会要我改说英语。‘这是美利坚合众国，儿子，’他会说，‘我希望你讲英语。’‘渗滤液’和‘污染物’听起来像外语，它们把政府干预带到比斯利池塘的改进中来了，而且这政府还像是外国政府。”

“我想请求推迟，”奇泽姆尽量礼貌地说，“马斯顿实验室正在研究我们寄送的样本，答应星期四提供报告。”

奇泽姆说话的时候，镇长和另外三位成员交谈了一下，等奇泽姆说完，他说：“你的要求被委员会大部分成员拒绝了，可是在散会之前，我想给大家念封信。这封信的作者是你的雇主，雷米尔·西尔斯先生，写于去年二月二十九日，次日在报纸上发表。‘还敬畏神圣吗？’，是西尔斯先生的标题。”

"'我每个周末都在比斯利池塘溜冰,'他是这么写的,'另外和我一样溜冰的还有五十来个人,男女老少都有,来自各个行业,大家都觉得能来这里溜上几个小时,能把现代世界的问题和复杂暂时抛到一边,这是一种很好的充电。现在被人打了假的古生物学家加德纳声称,滑冰——或者叫shate——是一个转折点,使得智人在生存较量中胜过了尼安德特人。这个观点被人揭穿,说是捏造,但溜冰时脚下的快捷,不正像是一种远古的记忆吗?上周日,我带着溜冰鞋到了池塘边,发现它已被重新规划为垃圾填埋场,成了一堆垃圾,上面还有一只死狗。这个世界上剩下的纯真已经不多了,让我们呵护溜冰的纯真吧。'这是你的信吧,是不是,西尔斯先生?"

"是的。"西尔斯说。

"我们一边有成熟、会思考的男女,大家希望用什么办法纪念为了自由而牺牲生命的可爱的儿子和丈夫。另一边却是这些玩意。现在休会。”

屋子里所有人，包括牧师，都鄙夷地看着西尔斯。“我都把这信给忘了。”西尔斯对奇泽姆说。“我希望他们也忘了。”奇泽姆说。贝特西·洛根加入到他们中间，奇泽姆把她介绍给西尔斯。她对他的看法，显然受到了这封信的影响。“镇委员会可能还会给我们一次听证机会，”奇泽姆说，“如果实验室报告说明会有破坏性结果的话。现在绝望还早。我们可以尝试跟地方检察官联系，当然他们会把我们介绍给州长的委员会，而州长本人要拉竞选赞助。”他们几乎是最后离开大厅的，他们顺着陡峭的楼梯往下走。贝特西吻了奇泽姆，跟他道晚安，然后走到街上。“实验室报告下来，我就给你打电话。”奇泽姆说。他们在人行道上握了握手，可是奇泽姆穿越马路的时候，一辆违规并排停车的车子，没有打开车灯，快速开过来，当场撞死了奇泽姆。

第十一章

几个小时后，浪漫的音乐在百莱特百货店响起来，贝特西推了一辆购物车，从商场入口处的水果和蔬菜柜台走过。早已过了午夜。乐声很微弱——微弱到听不清楚具体是什么曲子——但所有人都能听出是爱情歌曲。那样的起伏与缠绵，也只能是爱情歌曲。在这爱的乐曲中，贝特西推着购物车，在商场穿行。偌大一个商场，几乎空无一人，却灯光普照。她很伤心，很想复仇。奇泽姆救了她儿子的命。她思念他，她痛苦，她觉得全世界都会怀念这么一个心地纯洁、乐于助人的好人。她的购物车是空的，在她雨衣的口袋里，她带了一瓶日式烧烤酱，里面装的蚁毒，足够杀死一家人。瓶子上面贴着这样的消息：停止毒害比斯利池塘，否则我将给全部二十八家百莱特的食品下毒。她是在儿子和丈夫睡觉的时候，用从报上剪的字母拼出了这句话。

贝特西到了摆放香料和香精的货架之间。日式烧烤酱是她和玛丽亚·萨拉佐在商场干仗的那个下雨的下午买的，但是她已经想不起来具体是从哪个架子上买的了。她推着空购物车，一遍又一遍地从香料和香精货架前走过。她知道，很多东西，一旦去寻找，它们就施展起障眼法。多少次，在她人生的十字路口，她都在寻找标签、价格和品名。每当她找不到什么东西的时候，她似乎总是能听到家族里的一些老妇在问自己眼镜去哪里了，钥匙去哪里了，听到她们哀叹电话号码、地址和人名找不到了。唉，日式烧烤酱都在哪里啊？她很着急，担心是眼下缺货，或是不再进货。她担心有人抓住她，从她口袋里找到酱，以给社区下毒的罪名判她入狱，当然，这样的焦虑很荒谬，但也很真切。

她从香料和香精过道，来到酱汁和调味品过道。她已经忘了有这么多选择。看到一些异国情调的调味酱时，她充满了希望，这时候她想起来，在烘焙品和奶制品之间有东方食品过道。这里有日式烧烤酱的瓶子，她把她带的有毒的那一瓶放在中间能看到的地方。她没让人看到她的脸，默默离开了百货店。回家后她爬上床和亨利睡在一起，但很兴奋，睡不着。睡不着可能是害怕被捕吧，但她觉得瓶子和瓶子上的信息早晨就会被人看到。全世界的媒体都将报道这个故事，因为超市是我们生活中不可或缺的一部分，甚至是其轴心。这故事将传遍四方，包括俄罗斯和东方国家，比斯利池塘的倾倒应会立刻停止下来。

可是这样的结局并未发生。晚报的重磅报道，是警察局长的妻子发现了不明飞行物，某高中有人破坏公物。贝特西生活各方面都很满足，怎会干出这样的事来，这还是个谜。她对亨利和孩子都爱得无懈可击，这种幸福的爱，都会超越她的有生之年，可是在此之外，她总有些忧郁无从释怀，有些热情无从安置。她这样的女子，对使命和呼召的钟情，超过了生命中各样的满足。这种情怀无药可救。第二天，她又买了一些酱下了毒，亨利睡后，她制作好了标记语，然后回到百莱特百货店。她的第一个瓶子已经不见了，她把第二个放到货架上，买了一盒芙罗迪拉，回到家里。“你去哪里了，我的宝贝儿？”当她回到床上的时候，亨利问，“噢，亲爱的，你去哪里了？”“我睡不着，”她说，“我一直在看书。”

次日晚报上依旧没提此事，只有例行的商业损益报道，于是次日她又给一瓶酱下了毒，趁亨利睡着的时候送到了店里。她回来之后，亨利气急败坏。“你去哪里了，他妈的你到底去哪里了？你并没有在楼下看书。我都找遍了。”她让他安静下来——他是一个很随和的人——他们回到了床上，可是次日的报纸上，她发现她成功了。报纸标题是：中毒家庭情况稳定！“格里马尔家，吃了一瓶有毒的日式烧烤酱，被送往珍妮丝医院，据称目前正在康复。下毒的人称，如果比斯利池塘的污染问题不结束，将继续给百莱特百货店下毒。”这次新闻真的传遍了全世界，比斯利池塘的倾倒问题一下子就终结了。

西尔斯的商业伙伴尊重他的成功，但是对他知根知底的人，比如他那些打桥牌的牌友，不觉得他多么聪明。不过大家信任他，当他得知比斯利池塘倾倒结束后，他组织了比斯利基金会。组织中间，要与律师们用很多个小时艰难磋商，这是他所做过的最为艰难的项目，他也一厢情愿地认为这是他所见过的最难做的项目。基金会经费来自计算机防入侵系统公司克利夫兰分公司的资产。这一分支机构接着成为一家控股公司，拥有免税地位，并能发行AAA级短期融资债券。

池塘只有三分之一被填满，被污染的那部分已经被清理了出来，里面安装了创新的通气系统给水排毒。写作此书时，我国大部分伟大的河流和水域都面临重大危险，其他国家有工程师来评估系统的时候，西尔斯有时候会加入进来，给他们当向导。他对这套系统的语言掌握的能力，就和游客掌握外语的能力一样。“倾倒结束后，”有人听他这么说，“我们面临水体富营养化问题。富营养化过程的最终结果是出现沼泽地，最终干枯，成为有机覆盖物，不再有水。历史上湖泊富营养化和腐烂需要几万年，但是随着人造污染物和垃圾渗滤液的增加，现在这种富营养化很快就会完成。”西尔斯自己觉得比斯利池塘的复苏，教给了他一些谦逊，但他的谦逊并不容易看出来。当来访的工程师主动提出帮他跨越溪流时，他说：“不用了，谢谢。我的裤带还是大学打橄榄球时候的那条。”

景观的可爱之处已经恢复。这地方不算名胜古迹，可是在一个世纪以前，如果在这里添加一些裸体女神、森林之神，说这里是伊甸园或者艾留西斯[1]的田野，也都说得过去。“我们解决问题的第一个方法，是把地下的水用水泵抽取到表面，让其吸收氧气，”西尔斯说，“除了毒药，垃圾倾倒也带来了丰富的营养化学物质，使得藻类和杂草增加。底层的水完全缺乏氧气，具备厌氧条件。硫化氢被释放，锰、铁和磷酸盐从底层土壤中溶解，产生了有机酸，水的pH值降低。这摧毁了所有的甲壳类动物和其他动物，毁灭了池塘的生物圈。”

“把底层水抽到表面，”他接着说，“在小蓄水池的环境下容易见效，可是每个单位所需能量很大。我们需要新方法。我们需要增加功效，我们希望每马力抽的水要比老技术多十倍甚至上千倍。我们需要降低气泡上升速率，如果气泡上升速率减少到1帧以

1 Eleusis，古希腊宗教名胜。

下，紊流将会消除，并会产生流线上升效果。我们需要缩小气泡尺寸。如果底层空气是小的气泡，氧气会迅速溶解，流线上升效果也会产生，不过分层转换将会持续，底层冷水会分布到表层。这将防止水质恶化。

“我们的工程师开发了一种小口径塑料管，上有按直线分布的小孔。这在办公室里可以看到。这种塑料管容易安装，成本合理，也能形成小型气泡。我们安装了4 500英尺这种带阀的聚乙烯管。在管壁加厚的部分，也就是小孔的对面，我们镶嵌了铅线，使得这些管道更为持久。管子的直径是0.5英寸。小孔是模压成形的止回阀，其尺寸和间距，都能满足水深和循环速率的需要。尽管比斯利池塘有严重的水流停滞存在，管道中所镶嵌的铅线还是比水重。然后，我们用9 000英尺的加重引导管，将这些管道和九个四分之三马力的压缩机连接。鼓风机以4.4 cfm、30 psi功率[1]，持续不断地将三亿加仑的水向上翻动。为了防止机械故障，我们还有两个辅助鼓风机单元。鱼类死亡已经减少了三分之二，另外，上个月我们测试了四个水位。结果显示，水温为八十四度，在所有层面，氧气溶解水平均为每升七到九毫克。一年前，水还像毒药。现在，它很适合饮用了。”西尔斯带着十足的热情说这番话，因为他发现，寻找爱情和寻找饮用水颇有类似处。比斯利池塘塘水变清，似乎也洗涤了他的内心，洗走了他的淫邪之念。

访客三三两两去办公室参观压缩机和管道图。西尔斯自己在池塘边缘行走，一直走到小溪源头。这里有薄荷生长，他摘了一片放于指间。初夏阳光炽烈。流水声和碎薄荷叶，让他想到了和蕾妮过夜后醒来的某个早晨。那时天色还早，晨曦初现。她躺在他的

1　cfm是指立方英尺/分钟，psi指磅/平方英寸。

怀里，她身上有前一天晚上的香水味，有她凡俗肉体的气味，还有她自己昔日的气味。她的睫毛染成了黑色，和她的金发对比鲜明，显得样子做作。她的乳房已无青春气息，他也知道她对乳房大小有所担心。可他觉得很迷人。她的头发不算太长，但也不短，总归还要扎一下，前一天晚上，她给盘了起来—— 他很容易想象她盘头的模样——并用一只金色发扣固定住。他没有看她盘头，可是现在，他能清楚看到那金色发扣，她的头发，还有一两缕不羁的头发逃逸出来。他吻了她可爱的脖子，抚摸着她光滑的后背，似乎在这纯粹的爱河里迷失了。他感觉自己有些许笨手笨脚，似乎是在提着沉重的行李箱，爬上带拐角的楼梯。

那个早晨天高云淡，或许有星星，可是他没有看到。想到星星，他的情感更浓烈了。想到这些星球的世界在我们周围，我们对其本性知之甚少，但它们或许含有我们的些许过去，些许未来，这让他很受感动。让他感动的，还有我们活在这个星球的感觉。在这浩瀚的创造里，我们的机遇何等丰富！那一刻他感觉活在当下，借着爱不断更新，是多神奇的感觉啊！恰似身处天堂!

萨拉佐夫妇收拾了自己的炭火盆和立式游泳池，消失了。除了亨利，贝特西没有告诉任何人她威胁给社区下毒的事。连亨利她也是过了好久才告诉的。那些真正的罪犯谋杀了一位高尚的环保人士，他们引诱、贿赂、败坏本该照看市民福利的地方官员。看官或许会问，他们后事如何？不起诉这些可怜虫，大家难免内疚，感觉这样的疏忽会让自己成了与其同流合污之人。不过，这可以另写一本小说了。正如我在开头所说，本书只是让你在某个雨夜，在一座老房子的床上躺着看的。